인형의 집

이음문고

목차

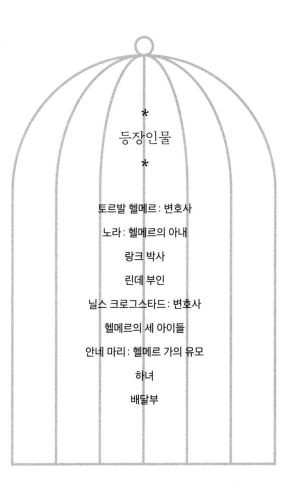

*

등장인물

*

토르발 헬메르: 변호사

노라: 헬메르의 아내

랑크 박사

린데 부인

닐스 크로그스타드: 변호사

헬메르의 세 아이들

안네 마리: 헬메르 가의 유모

하녀

배달부

제1막

아늑하고, 고상하지만 사치스럽지 않은 가구들로 꾸며진 방. 배경의 오른쪽에 있는 문은 현관 입구로 통한다. 왼편의 다른 문은 헬메르의 서재로 연결된다. 이 두 문 사이의 맞은편 벽에는 피아노가 한 대 놓여 있다. 벽의 정중앙 왼쪽 부분에는 문이 하나 있고 그 옆으로 더 들어가면 창이 달려 있다. 창문 근처에는 원탁과 안락의자, 작은 소파가 놓여 있다. 측벽의 오른쪽에서 안쪽으로 조금 들어간 부분에는 문이 하나 있고, 무대 중앙 쪽의 같은 벽 앞에는 도자기 재질의 난로와 안락의자 두 개, 그리고 흔들의자가 놓여 있다. 난로와 옆문 사이에는 작은 테이블이 자리하고 있다. 벽에는 동판 조각이 걸려 있다. 그리고 도자기와 작은 장식품들이 가득 채워진 진열장, 깔끔하게 제본된 책들이 꽂힌 작은 책장이 있고 바닥에는 카펫이 깔려 있다. 난로에서는 불길이 타오르고 있다. 겨울의 어느 날.

현관 입구에서 초인종이 울린다. 잠시 후 현관 열리는 소리가 들린다. 노라가 기분이 좋은 듯 흥얼거리며 방으로 들어온다. 외출복을 입고 있는 그녀는 꾸러미 몇 개를 들고 들어와 오른편의 테이블에 내려놓는다. 노라는 문을 열어 놓은 채 들어오고 그 뒤로 크리스마스트리와 바구니를 들고 있는 배달부가 보인다. 배달부는 문을 열어 준 가정부에게 물건들을 건넨다.

노라   헬레네, 크리스마스트리는 잘 숨겨 놔야 해요. 장식을 마친 다음 저녁때까지는 아이들이 절대 보면 안 돼. (지갑을 꺼내며 배달부에게) 얼마죠?

배달부   반 크로네[1]입니다.

노라   자, 1크로네예요. 아니에요. 잔돈은 됐어요.

배달부는 노라에게 감사를 표하고 퇴장한다. 노라는 문을 닫고, 외투를 벗으면서도 계속 조용히 만족스럽게 웃고 있다.

노라   (주머니에서 마카롱 봉지를 꺼내 몇 개 입에 넣는다. 그리고 조심스럽게 남편의 방 문 앞으로 다가가 귀를 기울인다) 아, 집에 있네. (오른쪽의 테이

1) 덴마크와 노르웨이의 화폐단위

불을 향해 가며 다시 흥얼거린다)

헬메르   (그의 방 안에서) 지금 이 소리는 나의 종달새가 지저귀는 소린가?

노라   (꾸러미의 포장을 벗기느라 바쁘다) 네, 맞아요.

헬메르   지금 그 소린 나의 다람쥐가 부스럭거리는 소린가?

노라   맞아요!

헬메르   우리 다람쥐, 언제 집에 온 거지?

노라   지금 방금요. (마카롱 봉지를 주머니에 집어넣고 입가를 닦는다) 토르발, 어서 나와 봐요. 내가 뭘 사 왔는지 좀 보세요.

헬메르   지금 방해하면 안 돼! (잠시 후, 문이 열리고 그가 한 손에 펜을 든 채 내다본다) 샀다고? 그걸 전부 다? 나의 작은 낭비 요정이 또 쓸데없이 돈을 여기저기 뿌리고 다녔나?

노라   네, 하지만 토르발, 올해는 우리도 마음껏 써도 되잖아요. 어쨌든 우리가 돈을 아껴 모으지 않아도 되는 첫 크리스마스니까.

헬메르   그렇긴 해도 낭비를 하며 살 순 없어.

노라	하지만, 토르발, 이젠 조금은 사치를 부려도 되잖아요. 아주, 아주 조금만요. 이제 당신은 월급을 정말 많이 받게 될 거고 우리는 돈을 정말, 정말 많이 벌 거잖아요.
헬메르	그래, 새해부턴 그렇지. 하지만 월급이 들어오려면 꼬박 석 달을 기다려야 해.
노라	흥, 그사이엔 빌려 쓰면 되지 뭘 그래요.
헬메르	노라! (그녀에게 다가가 장난스럽게 그녀의 귀를 잡아당긴다) 또 아무 생각 없이 굴기 시작할 거야? 내가 오늘 천 크로네를 빌렸는데 당신이 크리스마스 주간에 그 돈을 다 써 버렸다 치자. 그런데 내가 새해가 시작되기 전날 지붕의 벽돌을 머리에 맞고 뻗어 버린다면….
노라	(그의 입을 손으로 막으며) 쉿, 그렇게 흉측한 말은 하지 마세요.
헬메르	그런 일이 일어난다고 생각해 보라고, 그러면 정말 어떻게 할 거야?
노라	그런 끔찍한 일이 일어난다면 제가 빚이 있고 없고는 전혀 중요치 않을 거예요.

헬메르   그럴지도 모르지. 하지만 빚쟁이들은 어떻게 할 건데?

노라   그 사람들요? 그런 사람들 누가 신경이나 쓴다고. 그 사람들은 그저 남일 뿐인데요.

헬메르   노라, 노라, 당신도 어쩔 수 없는 여자군! 안 돼, 정말 진지하게 말하지만 노라, 이 문제에 대한 내 생각 당신도 알고 있잖아. 빚은 안 돼! 절대 빌리면 안 된다고! 대출과 빚 위로 지어 올린 집에는 자유가 없고, 흉한 기운이 도사리게 되는 법이야. 우린 둘 다 지금까지 아주 용감하게 버텨 왔잖아. 그리고 별로 오래 걸리진 않겠지만, 필요할 때까지는 계속 그렇게 해 나가는 거야.

노라   (난로 쪽으로 다가간다) 알았어요, 알았어요. 당신 원하는 대로 해요, 토르발.

헬메르   (그녀를 따라간다) 자, 자. 나의 작은 종달새의 날개가 그렇게 축 처져 있으면 안 되지. 지금 나의 다람쥐가 샐쭉해서 서 있는 건가? (지갑을 꺼낸다) 노라, 이 안에 뭐가 들어 있을 것 같아?

노라	(재빨리 돌아선다) 돈이요!
헬메르	자 받아. (그녀에게 지폐를 몇 장 건넨다) 나도 잘 알아. 크리스마스에는 집안에 돈 들어갈 일이 아주 많다는 것 정도는.
노라	(돈을 센다) 십, 이십, 삼십, 사십. 아, 고마워요, 고마워요, 토르발. 오래오래 아껴 쓸게요.
헬메르	암, 당연히 그래야지.
노라	네, 네, 정말로 그럴 거예요. 하지만 이리 좀 와 보세요. 내가 뭘 샀는지 다 보여 줄게요. 그것도 얼마나 싸게 샀다고요! 보세요, 이건 이바르에게 줄 새 옷이랑 장난감 칼이에요. 이건 보브에게 줄 장난감 말과 트럼펫. 그리고 이 인형이랑 인형 침대는 에뮈 걸로 샀어요. 아주 특별한 건 아니지만 어쨌든 금방 다 망가뜨릴 게 뻔하니까. 이건 하녀들을 위한 옷감이랑 머리 수건이에요. 안네 마리는 정말 더 잘 챙겨 줬어야 하는데.
헬메르	그럼 저 꾸러미 안에 든 건 뭐지?
노라	(비명을 지르듯) 안 돼요, 토르발. 오늘 저녁까진

절대로 보면 안 돼요!

헬메르 　알았어. 하지만 한 가지만 말해 봐. 우리 낭비
　　　　요정님께선 본인 선물로는 뭘 마음에 두고 있
　　　　는지.

노라 　　아, 나를 위해서요? 나를 위해서 사고 싶은 건
　　　　아무것도 없어요.

헬메르 　없긴 왜 없어? 적당한 선에서 갖고 싶은 걸 하
　　　　나 말해 봐.

노라 　　아, 정말 모르겠어요. 그렇지만, 어쩌면, 토르
　　　　발….

헬메르 　뭔데?

노라 　　(그를 보지 않은 채 단추를 만지작거리며) 나에게
　　　　뭔가 정 주고 싶다면, 그렇다면, 그렇다면….

헬메르 　뭔데, 말을 해 봐.

노라 　　(재빨리) 돈을 주면 안 되나요, 토르발. 당신이
　　　　줄 수 있는 만큼 많이요. 그러면 며칠 있다 갖
　　　　고 싶은 게 생기면 살게요.

헬메르 　하지만 노라….

노라 　　그렇게 해 줘요, 사랑하는 토르발, 제발요. 이렇

게 부탁할게요. 그렇게 해 주면 난 그 돈을 받아서 예쁜 금색 포장지로 잘 싸서 크리스마스 트리에 걸어 둘래요. 정말 재미있지 않겠어요?

헬메르 매일 돈을 쓸데없는 데 펑펑 써 버리는 이 작은 새를 우리가 뭐라고 부르지?

노라 낭비 요정이요, 그래요, 나도 알아요. 하지만 토르발 내가 원하는 대로 해 줘요. 그러면 나한테 꼭 필요한 게 뭔지 신중하게 생각할 시간도 생기고. 꽤 실용적이잖아요, 안 그래요?

헬메르 (미소를 지으며) 그래, 물론이야, 만약 당신이 정말 그 돈을 잘 가지고 있다가 당신을 위해 한 가지만 산다면 말이지. 하지만 결국은 이 집안 살림에, 그리고 쓸데없는 것들에 차례로 다 써 버리겠지. 그러면 내 주머니에서 또 돈이 나와야 할 테고.

노라 하지만, 토르발….

헬메르 사랑하는 나의 노라, 결코 부정은 못 하겠지. (두 팔을 그녀의 허리에 두르며) 나의 낭비 요정은 너무나 사랑스럽지만 돈을 너무 펑펑 쓴단

말이지. 낭비 요정 하날 데리고 사느라 허리가
휠 지경이야.

노라   쉿, 어떻게 그런 말을 할 수 있어요? 나도 절약
         할 수 있는 데선 전부 절약한단 말이에요.

헬메르   (웃는다) 그래, 그건 맞는 말이야. 절약할 수 '있
         는' 데서만 절약하지. 하지만 다는 못 하지.

노라   (은근히 기분이 좋은 듯 흥얼거리고 미소 지으며)
         음, 토르발, 당신이 우리 종달새들과 다람쥐들
         이 얼마나 돈 쓸 데가 많은지 알기만 한다면 참
         좋겠는데 말이죠.

헬메르   당신은 정말 이상한 여자야. 당신 아버지를 꼭
         닮았지. 언제나 돈 나올 구멍을 찾고 있단 말이
         야. 하지만 손에 돈을 넣는 순간 손가락 사이로
         다 줄줄 새 나가는 것 같거든. 당신은 그 돈을
         어디에 썼는지조차 모르잖아. 하지만, 당신을
         있는 그대로 받아들여야지 뭐. 타고나길 그렇
         게 타고난 걸. 맞아. 이런 건 유전이라고, 노라.

노라   나는 아빠로부터 되도록 많은 것들을 물려받
         았길 바라는 사람이에요.

헬메르	그리고 나 역시 당신이 이 모습 그대로이길 원해, 나의 사랑스러운 작은 종달새. 하지만 지금 보니 당신 어쩐지 너무, 너무, 뭐라고 해야 할까? 오늘 분명 뭔가를 숨기고 있는 것 같은 눈친데….
노라	그래요?
헬메르	확실해. 내 눈을 똑바로 봐.
노라	(그를 쳐다본다) 됐죠?
헬메르	(단호하게 손가락을 흔든다) 설마 우리 군것질쟁이가 오늘 시내에 나가서 여기저길 휘젓고 돌아다닌 건 아니겠지?
노라	아니에요, 어떻게 그런 생각을 할 수 있어요?
헬메르	우리 군것질쟁이가 정말로 제과점에 들르지 않고 그냥 왔다고?
노라	네, 정말이에요, 토르발….
헬메르	잼 한 입 찍어 먹지 않고?
노라	절대 안 먹었어요.
헬메르	마카롱 한두 개도?
노라	아니라니까요, 토르발, 진짜로 장담하는데….

헬메르	됐어, 됐어, 그냥 장난으로 해 본 소리라고.
노라	(오른쪽 테이블을 향해 가며) 당신 뜻을 거스를 생각은 해 본 적도 없어요.
헬메르	그래, 나도 알아. 그리고 나랑 약속도 했는데…. (그녀를 향해 다가간다) 그럼, 사랑하는 노라, 당신만의 크리스마스 비밀은 혼자 잘 간직하고 있어. 크리스마스트리 장식에 불이 들어오면 어차피 오늘 저녁에 다 드러날 테니까.
노라	랑크 박사님은 잊지 않고 초대했나요?
헬메르	아니, 하지만 그럴 필요 없어. 당연히 우리 집에 와서 저녁을 먹을 테니까. 그리고 오늘 오후에 집에 들르면 그때 초대해도 되지. 내가 아주 좋은 와인을 주문해 뒀어. 노라, 당신은 내가 오늘 저녁을 얼마나 고대하고 있는지 절대 모를 거야.
노라	나도 못지않아요. 그리고 애들은 또 얼마나 좋아하겠어요, 토르발!
헬메르	아, 정말 안전하고, 안심할 수 있는 자리를 얻었다는 건, 넉넉한 수입이 들어온다는 건 정말 황

홀한 일인 것 같아. 생각만 해도 정말 엄청 기분 좋은 일이야, 안 그래?

노라   정말 기적 같은 일이에요!

헬메르   작년 크리스마스 생각나? 당신이 크리스마스 트리에 걸 꽃 장식이랑 우리를 깜짝 놀라게 해 줄 다른 멋진 것들을 만들겠다며 크리스마스 3주 전부터 저녁마다 자정까지 방에 처박혀서 꼼짝도 안 했잖아. 아, 내 평생 정말 그때보다 더 지루했던 적은 없었다고.

노라   난 하나도 지루하지 않았는걸요.

헬메르   (미소 지으며) 그런데 그 결과물은 너무 볼품없었지, 노라.

노라   그때 일로 나를 또 놀리려는 거예요? 고양이가 모두 다 갈가리 찢어 버린 걸 나보고 어떡하라고요!

헬메르   그래, 어쩔 수 없는 일이었지, 나의 가엾은 노라. 당신은 정말 좋은 의도였고, 그저 우리를 기쁘게 해 주고 싶다는 마음이었어. 그게 중요한 거야. 하지만 그 쪼들리던 시절이 끝났다고 생각하니 정말 좋아.

노라   네, 정말 기적 같은 일이에요.

헬메르   이젠 나도 혼자서 멍하니 지루하게 앉아 있을 필요 없고, 당신도 그 사랑스런 눈과 곱고 여린 작은 두 손을 혹사할 필요가 없잖아.

노라   (손뼉을 치며) 정말 그래요, 토르발? 더 이상 그럴 필요가 없는 거예요? 정말 기쁜 소식이에요! (헬메르의 팔을 잡으며) 자, 이제 앞으로 우리가 어떤 식으로 살아갈지 내가 생각한 것들을 말해 줄게요. 크리스마스가 지나자마자… (현관에서 벨이 울린다) 초인종 소리네요. (집 안을 대충 정리하며) 누가 왔나 봐요. 귀찮게!

헬메르   방문객들에게 나는 집에 없는 사람이야, 잊지 마.

하녀   (복도 쪽 문에서) 부인, 어떤 여자 분이… 처음 뵙는 분인데요….

노라   알겠어요, 들어오시라 해요.

하녀   (헬메르에게) 그리고 박사님도 오셨습니다.

헬메르   내 서재로 곧장 갔나?

하녀   네, 그러셨습니다.

헬메르가 서재로 들어간다. 하녀는 여행 복장을 하고
있는 린데 부인을 거실로 안내하고 문을 닫고 나간다.

린데 부인   (소심하게, 약간 주저하며) 안녕, 노라.

노라   (머뭇거리며) 안녕….

린데 부인   나를 못 알아보는 것 같네.

노라   그게, 잘은 모르겠는데… 아 그래, 가만… (소리
           치며) 세상에! 크리스티네! 정말 너야?

린데 부인   그래, 맞아.

노라   크리스티네! 내가 너를 못 알아보다니! 하지만
           내가 어떻게 알 수가 있겠… (목소리를 살짝 낮
           추며) 너 정말 많이 변했다, 크리스티네!

린데 부인   그래, 아마 그럴 거야. 9년, 10년이면 짧은 세월
           이 아니니까.

노라   우리가 그렇게 오랜만에 만난 거야? 그래, 그런
           것 같네. 아, 지난 8년간은 정말 행복한 시간들
           이었어. 이제 막 도착한 거야? 이 겨울에 이렇

게 먼 길을 오다니. 정말 용감하네.

린데 부인   증기선을 타고 오늘 아침에 도착했어.

노라   혼자만의 크리스마스를 즐기려는 거구나. 정말 멋지네! 그리고 우리 둘이 좋은 시간도 보내고 말이야. 일단 코트부터 벗어. 추운 건 아니지?(린데 부인을 도우며) 난롯가에 편히 앉자. 아니다, 저기 안락의자에 앉자! 나는 여기 흔들의자에 앉을게. (린데 부인의 손을 붙들며) 그래, 지금 보니 예전 얼굴이 남아 있네. 처음 본 순간에만 못 알아본 거야. 그런데 좀 창백해진 것 같긴 해, 크리스티네. 그리고 살짝 마른 것 같기도 하고.

린데 부인   그리고 아주 폭삭 늙었지, 노라.

노라   그래 어쩌면 아주 약간은 그럴지도 모르지, 아주, 아주 살짝. 절대 많이 늙지는 않았어. (갑자기 말을 멈추며, 진지하게) 어머, 난 정말 너무나 무심한 사람이야. 이렇게 앉아 수다나 떨고 있다니. 크리스티네, 용서해 줘.

린데 부인   노라, 무슨 소리야?

노라	(부드럽게) 가엾은 크리스티네, 남편을 잃었다면서.
린데 부인	그래, 3년 전 일이야.
노라	나도 알고 있었어. 신문에서 봤어. 오, 크리스티네, 그때 너에게 편지라도 써야지 생각했었어. 정말이야, 믿어 줘. 그런데 계속 미뤘지. 자꾸만 이런저런 일들이 생기는 바람에.
린데 부인	노라, 충분히 이해해.
노라	아냐, 내가 나빴어, 크리스티네. 가여운 것. 얼마나 힘든 일이 많았겠어. 남편은 너에게 아무것도 안 남기고 떠났니?
린데 부인	응.
노라	아이도 없고?
린데 부인	없어.
노라	그럼 정말 아무것도 남기지 않은 거야?
린데 부인	심지어 나를 지탱해 줄 만한 슬픔이나 상실감조차 남기지 않았어.
노라	(믿을 수 없다는 듯 린데 부인을 바라보며) 하지만 크리스티네, 어떻게 그럴 수가 있지?

린데 부인 (슬픈 미소를 지으며 노라의 머리를 쓰다듬는다) 노라, 그런 일들이 일어난단다.

노라 그렇게 완전히 혼자가 되다니. 얼마나 견디기 어려운 슬픔이었을까. 나는 사랑스러운 아이가 셋이야. 지금은 유모와 밖에 나가서 네가 만날 수는 없지만. 하지만 지금은 네 얘기만 듣기로 하자. 뭐든 다 말해 봐.

린데 부인 아냐, 아냐, 아냐. 네 얘기나 해 줘.

노라 아냐, 너 먼저 얘기해. 오늘은 정말 이기적인 사람이 되고 싶지 않아. 오늘은 너의 관심사에 대해서만 생각할래. 하지만 너한테 꼭 해 줘야 할 얘기가 하나 있긴 해. 최근에 우리한테 정말 커다란 행운이 찾아온 거, 알고 있니?

린데 부인 몰라. 뭔데?

노라 남편이 상업 은행의 은행장이 됐어.

린데 부인 너희 남편이? 어머, 정말 잘됐다!

노라 그래, 정말 굉장한 일이야! 변호사 일은 수입이 너무 불안정하거든. 정당하고 떳떳한 일만 가려서 맡는 사람의 경우는 특히 그래. 토르발이 바로 그런 사람이거든. 나도 전적으로 남편과 같은 생각이고. 그래서 우리는 은행 일을 너무나 고대하고 있어. 새해부터 은행 일을 시작할 거고 그러면 월급도 많이 받을 거고 보너스도 많이 받게 될 거야. 이제부턴 정말 다른 삶을 살 수 있을 거야. 우리가 원하는 대로. 크리스티네, 난 이제 마음이 정말 가볍고 행복해! 돈을 넉넉히 벌고 이제 돈 걱정을 하지 않아도 될 테니까 말이야. 안 그래?

린데 부인　그래, 꼭 필요한 것들만 가질 수 있어도 정말 좋을 것 같아.

노라　아니, 꼭 필요한 것들만 갖는 정도가 아니야. 정말 아주 넉넉한 돈이라고!

린데 부인　(미소 지으며) 노라, 노라. 이제는 철이 좀 든 거야? 학교 다닐 때만 해도 넌 정말 낭비가 심했잖아.

노라　(조용히 웃으며) 그래, 토르발은 나한테 아직도 그 얘기를 해. (손가락을 단호하게 흔들며) 하지만 '노라, 노라'는 이제 여러분들이 생각하는 것처럼 그렇게 정신없는 여자가 아니랍니다. 그동안은 정말 내가 사치를 부릴 만한 형편이 아니었어. 우리 둘 다 일을 해야 했지.

린데 부인   너도?

노라   응, 자잘한 것들. 뜨개질도 하고, 수도 놓고, 뭐 그런 것들. (가볍게) 그리고 다른 일도 했어. 우리가 갓 결혼했을 때 토르발이 공무원 직을 그만둔 건 알고 있지? 승진할 가망도 없었고 예전보다 돈도 더 벌어야 했거든. 그런데 그 자리를 그만둔 첫해에 너무 몸을 혹사했어. 너도 짐작은 하겠지만 돈이 되는 건 뭐든지 찾아서 해야 했거든. 그리고 아침부터 밤까지 일했지. 그런데 결국은 그걸 감당 못 하고 몸이 심각하게 안 좋아졌어. 그래서 의사가 무조건 남쪽으로 가서 요양해야 한다고 했지.

린데 부인   그래, 그래서 1년간 이탈리아에 가 있었잖아, 그렇지?

노라   맞아. 그렇게 떠나는 게 정말 쉽진 않았어. 그 때 이바르가 막 태어난 직후였거든. 하지만 가야만 했지. 정말 기적 같은, 너무나 좋은 여행이었어. 그리고 토르발을 살렸지. 하지만, 크리스티네, 정말 돈이 엄청나게 많이 들었어.

린데 부인 그래, 정말 그랬을 것 같아.

노라 1,200탈러나 들었어. 4,800크로네야. 정말 엄청난 돈이잖아.

린데 부인 그래, 하지만 그런 상황에서 적어도 그럴 만한 돈이 있다는 건 정말 축복이야.

노라 그래, 물론 아빠로부터 받은 돈이긴 하지만.

린데 부인 아, 그랬구나. 그맘때쯤 아버지께서 돌아가시지 않았니?

노라 맞아, 크리스티네. 바로 그 무렵이었어. 나는 아빠 병간호를 하러 갈 수도 없었지. 이바르의 출산일이 임박해 있어서 여기 있어야 했거든. 그리고 상태가 심각한 토르발을 돌보고 있어야 했지. 사랑하는 우리 아빠! 크리스티네, 나는 결국 아빠를 만나지 못했어. 결혼 이후로 가장 힘든 일이었어.

린데 부인 넌 정말 아버지를 사랑했지. 하지만 그러고는 이탈리아로 떠났던 거야?

노라 그래, 그게, 그때 돈이 생겼고, 의사들이 어서 가라고 재촉했거든. 그래서 한 달 뒤에 떠났어.

린데 부인 그리고 남편은 완쾌해서 돌아왔어?

노라 그보다 더 건강할 순 없었지.

린데 부인 하지만… 그 의사는 왜?

노라 무슨 얘기야?

린데 부인 하녀가 의사라고 하는 것 같던데. 나랑 같이 들어왔던 사람 말이야.

노라 아, 그분은 랑크 박사님인데, 왕진 오신 게 아니고, 우리와 정말 절친한 사이라 하루에 한 번씩은 오셔. 그때 이후로 토르발은 단 한 시도 아픈 적이 없었어. 아이들도 모두 건강하고, 나도 마찬가지야. (벌떡 일어나 손뼉을 치며) 아, 크리스티네, 정말 이렇게 살아 있다는 게, 이렇게 행복하다는 게 얼마나 축복인지! 하지만 난 정말 형편없는 인간이야. 또 내 얘기만 떠들어 대고 있었네. (린데 부인 근처의 발받침에 앉아 그녀의 무릎에 두 팔을 얹는다) 나한테 서운한 건 아니

029

겠지? 말해 봐, 정말로 넌 남편을 사랑하지 않
았던 거니? 그러면 왜 그 사람이랑 결혼했던 거
야?

린데 부인   그 당시에 어머니가 아직 살아 계셨는데, 무기
력하게 자리보전하고 누워만 계셨어. 그리고
어린 두 남동생들을 내가 부양해야 했고. 그의
제안을 거절하는 게 옳지 않은 일 같았어.

노라   그래, 그 결정이 옳은 것일 수도 있어. 그때는
그 사람이 부자였던 거지?

린데 부인   상당히 부유했던 것 같아. 하지만 그가 하는 사
업의 소득이 일정치가 않았어. 그가 세상을 떠
나자 모든 게 무너져 버렸고 아무것도 남지 않
았지.

노라   그래서 그다음엔?

린데 부인   뭐, 그다음부턴 작은 상점이나 학교에서 일하
기도 하고 내가 할 수 있는 것들은 뭐든 하면서
힘들게 살아야 했지. 지난 3년간 정말 쉬지 않
고 계속 일만 하며 살았어. 하지만, 노라, 이제
는 끝났어. 가엾은 어머니는 이제 나를 더 이상

필요로 하지 않으셔, 돌아가셨거든. 남동생들도 일자리를 찾아서 더 이상 내가 부양하지 않아도 되고.

노라   이젠 정말 홀가분하겠어.

린데 부인   노라, 그렇지 않아. 그저 말할 수 없이 헛헛할 뿐이야. 내가 살아갈 이유가 돼 주는 사람이 아무도 없잖아. (힘없이 일어서며) 그게 바로 그 작은 시골구석에서 견딜 수 없었던 이유야. 여기에선 무엇이라도 하고, 생각을 몰두할 수 있는 뭔가를 찾기가 더 쉬울 것 같았어. 고정적인 일자리를 하나 찾을 수 있을 정도로 내가 운이 좋기만 하다면 말이야. 사무실 같은 데서 일한다거나 뭐 그런.

노라   하지만, 크리스티네, 그런 일은 정말 힘이 들 텐데. 그리고 너는 이미 너무나 지쳐 보여. 온천 같은 곳에 가면 훨씬 더 좋을 텐데.

린데 부인   (창문 쪽으로 다가가며) 노라, 나는 여행비를 내주실 아빠가 안 계신 걸.

노라   (일어서며) 아, 섭섭하게 생각하지 마!

린데 부인 (노라를 향해 다가오며) 노라, 너야말로 내게 섭섭하지 마. 그게 바로 나 같은 처지의 사람에게 제일 견디기 힘든 일이야. 다른 사람들의 마음에 깊은 씁쓸함을 남기는 것. 난 내가 부양해야 할 사람도 없으면서, 그래도 여전히 계속 경계를 늦추지 않으면서 나의 이익을 추구해야 하거든. 우리는 어쨌든 살아야 하잖아. 그러면 자연히 자기중심적이 되고. 아까 네가 너희 집에 좋은 일이 생겼다고 말했을 때도 나는 너를 위해서가 아니라 나를 위해 더 기뻐했어. 믿어지니?

노라 왜 그랬을까? 아, 알았다. 토르발이 너를 위해서 뭐라도 해 줄 수 있겠다고 생각했구나.

린데 부인 그래, 바로 그 생각이었어.

노라 크리스티네, 토르발은 해 줄 거야. 내게 맡겨 둬. 내가 조심스럽게 얘기를 꺼내 볼게. 그이의 마음을 사로잡을 만한 무언가를 생각해 낼게. 동의할 수밖에 없도록 말이야. 정말 진심으로 너를 돕고 싶어.

린데 부인	노라, 너무 고마워. 이렇게 나를 위해 애써 주고. 게다가 사는 게 얼마나 고단한지도 모르고, 고생이라고는 모르는 네가 이렇게 선뜻 나서 주니 더더욱 고맙구나.
노라	내가…? 내가 모른다고?
린데 부인	(미소 지으며) 그렇잖아. 바느질 몇 번 한 거 정도야…. 노라, 너는 아직 철부지일 뿐이야.
노라	(고개를 새침하게 돌리며 방을 가로지른다) 그렇게 나를 무시하듯 말하지는 말았으면 해.
린데 부인	응?
노라	너도 다른 사람들이랑 다를 게 없구나. 다들 내가 정말 중요하고 심각한 일은 할 수 없다고들 생각하지.
린데 부인	아니, 그게 아니라….
노라	내가 세상 어려움은 아무것도 경험하지 못했다고.
린데 부인	노라, 좀 아까 네가 살면서 힘들었던 건 나한테 다 얘기했잖아.
노라	흥, 그건 하찮은 것들이지! (조용하게) 더 큰 일

은 아직 얘기하지 않았어.

린데 부인   더 큰 일? 무슨 소리야?

노라   크리스티네, 넌 나를 너무 무시하는구나. 하지만 그러면 안 돼. 넌 어머니를 위해 그렇게 힘들게, 그렇게 오래 일한 것에 대해 자부심을 느끼고 있지.

린데 부인   나는 절대 아무도 무시하지 않아. 하지만, 그래, 인정할게. 나는 어머니가 말년을 비교적 순탄하게 보내실 수 있도록 내가 기여했다는 게 자랑스럽기도 하고 기쁘기도 해.

노라   그리고 동생들을 위해 한 일을 생각해도 자랑스럽겠지.

린데 부인   나한테 그 정도 자격은 있다고 생각해.

노라   그래, 나도 같은 생각이야. 하지만, 지금부터 내 말 잘 들어, 크리스티네. 나도 생각하면 자랑스럽고 기쁜 일이 있어.

린데 부인   그래, 당연히 그럴 수 있겠지. 근데 그게 뭔데?

노라   목소리 낮춰. 토르발이 들으면 안 되는 얘기니까! 무슨 일이 있어도 알면 안 돼. 크리스티네,

이 일은 아무도 알아서는 안 돼. 너 말고는 아무도.

린데 부인 무슨 얘긴데?

노라 이리 와. (린데 부인을 소파의 자기 옆 자리에 끌어 앉힌다) 잘 들어, 크리스티네. 나도 자랑스럽고 기쁘게 생각할 일이 있어. 그건 바로 토르발의 목숨을 구한 사람이 바로 나라는 거야.

린데 부인 목숨을 구해? 어떤 식으로?

노라 내가 우리 이탈리아에 다녀왔다고 얘기했지? 그때 그곳에 가지 않았다면 토르발은 절대 지금까지 살아 있지 못했을 거야.

린데 부인 그래, 너희 아버지께서 필요한 경비를 주셨다고 했지.

노라 그래, 바로 토르발을 비롯한 모두가 그렇게 믿고 있지, 하지만….

린데 부인 하지만?

노라 아빠는 우리에게 동전 한 닢 주지 않았어. 그 돈을 마련한 건 바로 나였어.

린데 부인 네가? 그 많은 돈을 전부?

노라	1,200탈러. 4,800크로네야. 어떻게 생각해?
린데 부인	하지만, 노라. 그게 어떻게 가능했어? 복권에라 도 당첨됐어?
노라	(무시하듯) 복권? (코웃음을 치며) 복권 당첨이 능 력이 필요한 일일까?
린데 부인	그럼 어디서 구했는데?
노라	(비밀스럽게 웃으며 흥얼거린다) 흠, 랄랄라!
린데 부인	어쨌거나 빌릴 수는 없잖아.
노라	그래? 왜 안 되지?
린데 부인	당연한 거잖아. 남편의 동의 없이 여자가 돈을 빌릴 수 없는 건.
노라	(고개를 확 돌리며) 아, 사업적 재능을 갖춘 여자 라면, 영리하게 상황을 풀어 나갈 줄 아는 여자 라면, 그러면….
린데 부인	하지만, 노라, 난 정말 이해가 잘 안 돼.
노라	그럴 필요도 없어. 내가 돈을 빌렸다고는 아무 도 말하지 않았으니까. 다른 방법으로 돈을 손 에 넣었을 수도 있지. (다시 소파에 등을 기대며) 나를 숭배하는 누군가에게서 받았을 수도 있

고. 나처럼 매력적인 여자라면….

린데 부인   너 미쳤구나!

노라   크리스티네, 이제 정말 궁금해 죽겠지?

린데 부인   노라, 내 말 잘 들어. 혹시 경솔한 짓을 한 건 아니지?

노라   (다시 똑바로 앉으며) 남편의 목숨을 살려 놓은 게 경솔한 짓일까?

린데 부인   내가 경솔하다고 생각하는 건 남편 모르게 네가….

노라   하지만 바로 그거야. 남편한테는 아무것도 알릴 수 없었어! 세상에, 너 정말 이해 못 하겠니? 그이는 자기가 얼마나 위중한지도 알아서는 안 됐다고. 의사들은 나를 찾아와 그의 목숨이 위태롭다고 했고 남쪽으로 내려가 지내는 것 말고는 달리 방법이 없다고 했어. 내가 그이를 구슬려 보려 하지 않았을 것 같니? 나도 다른 젊은 여자들처럼 외국으로 여행을 하고 싶다고 얘기해 봤고, 울어도 보고, 빌어도 봤어. 내 상황도 좀 고려해 주고 내 소망을 들어줘야 하

지 않겠냐고도 했어. 그리고 빚을 좀 내면 어떻
겠냐고 제안했어. 크리스티네, 그랬더니 그이
는 거의 분노했어. 내가 경솔하다면서 나의 순
간적인 기분이나 변덕에 휘둘리지 않는 것이
남편으로서 자기 의무라고 했어. 그렇게 말했
던 것 같아. 하지만 나는 생각했지. '일단은 당
신을 살려야 해요.' 그래서 방법을 찾았지.

린데 부인   그리고 너희 남편은 그 돈이 너희 아버지로부
터 나온 돈이 아니라는 걸 끝내 몰랐어?

노라   응, 절대. 아빠는 딱 그즈음에 돌아가셨어. 아빠
께만 알리고 혼자만 알고 계시라고 말씀드릴
까도 생각했어. 하지만 아빠는 너무 위중하셨
고… 슬프게도 더 이상 그럴 필요가 없어졌지.

린데 부인   그리고 그때부터 지금껏 남편에겐 털어놓지
않은 거야?

노라   그럼, 절대 안 돼. 어떻게 그런 생각을 할 수가
있어? 돈 빌리는 문제에 그렇게 엄격한 사람인
데! 그것도 그렇지만 토르발이 나한테 뭔가를
빚졌다는 걸 알게 되면 얼마나 마음이 불편하

고 굴욕감을 느끼겠어. 남자로서 자존심이 무척 강한 사람인데. 우리 관계의 균형이 깨져 버릴 거야. 아름답고 행복한 우리의 가정은 더 이상 예전과 같을 수 없을 거야.

린데 부인   절대로 말 안 할 생각이야?

노라   (생각에 잠겨 살짝 미소 지으며) 그래, 하지만 어쩌면 어느 날, 지금으로부터 많은 세월이 흐른 뒤에, 나의 미모가 사그라진 후에. 웃지 마! 내 말은, 토르발이 더 이상 지금처럼 나의 모습에 감탄하지 않게 되면, 내가 그를 위해 춤을 추어도 더 이상 즐거워하지 않게 되면, 그리고 예쁘게 차려 입고 낭송을 해도 즐거워하지 않게 되면. 그때를 위해 뭔가를 쥐고 있으면 좋지 않을까? (갑자기 말을 멈춘다) 아냐, 아냐, 말도 안 되는 소리! 그런 날은 절대로 오지 않을 거야. 자, 크리스티네, 나의 이 커다란 비밀에 대해 어떻게 생각해? 이만하면 나도 능력이 있는 거 아니니? 그리고 이 일로 내가 얼마나 마음을 졸이고 걱정했는지는 너도 짐작이 되겠지. 기한에 맞춰 내 의무를 완수하는 게 정말 쉽지 않았어. 잘 들어, 이런 일에는 분기별 이자라는 게 있고, 분납금이라는 것도 있어. 그리고 그걸 딱딱 맞춰 내는 건 정말 힘들었어. 그래서 내 능력껏 여기저기서 돈을 아껴 모아야 했지. 당연히 생활비에서는 많이 떼어 낼 수 없었어. 토르발의 생활이 편안하도록 내조를 잘 해야 하니까. 그렇다고 아이들을 아무렇게나 입힐 수도 없었지. 아이들을 위해서는 아낌없이 써야 했어. 나의 사랑스러운 천사들!

린데 부인 그러면 너를 위한 지출이 가장 타격을 입었겠네. 가엾은 노라.

노라 그래, 물론이야. 하지만 나로썬 가능했어. 토르발이 내 옷값 같은 것으로 돈을 줄 때마다 절대로 절반 이상 쓰지 않았고, 제일 평범하고 싼 것만 샀어. 나한텐 어떤 옷이든 다 잘 어울린다는 게 하늘의 축복이었지. 그래서 토르발은 눈치채지 못했어. 하지만 크리스티네, 이런 상황에 짓눌릴 때도 많았단다. 어쨌든 아름답게 차려 입는 즐거움이 얼마나 크니, 안 그래?

린데 부인　그래, 맞아.

노라　물론 다른 데서도 수입이 있었어. 작년 겨울에는 운 좋게도 필사 일을 맡을 수 있었어. 그래서 매일 저녁 방에 들어가 문을 잠그고 밤늦도록 옮겨 적었지. 너무 너무 피곤할 때도 많았지. 하지만 그렇게 앉아서 일하며 돈을 번다는 건 정말 엄청나게 신나는 일이기도 했어. 마치 내가 남자가 된 기분이었다니까.

린데 부인　하지만 그런 식으로 해서 얼마나 갚을 수 있었던 거야?

노라　정확히는 모르겠어. 너도 알겠지만, 이런 식의 돈 거래는 정확히 파악하기가 정말 쉽지 않거든. 내가 아는 건 내가 끌어 모을 수 있는 모든 걸 끌어 모아 냈다는 거야. 때로는 돈이 해결이 안 돼서 어찌해야 할 바를 모를 때도 있었어. (미소 지으며) 그러면 그냥 여기에 앉아 돈 많은 노신사가 나와 사랑에 빠지는 상상을 하곤 했지.

린데 부인	뭐라고? 신사, 누구?
노라	흥! 세상을 막 떠난 노신사. 그리고 그의 유언장을 열어 보면, 대문자로 이렇게 쓰여 있는 거지. '나의 전 재산을 즉시 아름다운 노라 헬메르 부인에게 현금으로 지급한다.'
린데 부인	노라, 그 노신사가 누군데?
노라	세상에, 진짜 몰라서 묻는 거야? 그런 노신사는 존재하지 않아. 돈을 구할 방법을 찾을 수 없을 때면 내가 여기에 앉아 그냥 상상하고 또 상상하던 일일 뿐이야. 하지만 이젠 상관없어. 그 따분한 노인네는 본인이 살던 대로 잘 살아가시라 해. 난 더 이상 그 사람도 그의 유언장도 필요 없어. 이젠 걱정이 하나도 없으니까. (벌떡 일어선다) 크리스티네, 생각만 해도 너무 좋아! 걱정이 하나도 없다니! 전혀, 아무 걱정도 안 해도 되고, 아이들과 놀고 장난치고, 집 안을 정갈하고 예쁘게 꾸미고, 모든 걸 토르발이 원하는 대로 해 줄 수 있어! 생각해 봐, 조금 있으면 파란 하늘이 펼쳐지는 봄이 올 거야. 그러면 우리

는 여행도 다닐 수 있겠지. 어쩌면 바다를 보러 갈 수 있을지도 몰라. 그래, 그래. 이렇게 살아 있고 이렇게 행복하다는 건 정말 기적 같은 일이야!

초인종 소리가 복도에서 들려온다.

린데 부인　벨이 울리네, 나는 이제 가는 게 좋겠어.

노라　아냐, 더 있어. 올 사람은 아무도 없는 걸. 분명 토르발을 찾아온 사람일 거야.

하녀　(복도 쪽 문간에 서서) 실례합니다, 부인, 어떤 신사분이 변호사님과 말씀을 나누고 싶어 하십니다.

노라　은행장님과 말이죠?

하녀　네, 은행장님이요. 그런데 어찌해야 할지 잘 모르겠네요. 안에 박사님이 계셔서.

노라　그 신사분이 누구신데요?

크로그스타드　(복도 쪽 문간에 서서) 바로 접니다.

린데 부인이 깜짝 놀라더니, 몸을 움츠리며 창문을 향해 돌아선다.

노라   (그를 향해 한 걸음 다가가, 경직된 목소리를 한껏 낮춰서) 당신이? 무슨 일이에요? 남편에게 무슨 말을 하고 싶어 온 거예요?

크로그스타드   은행 일이죠. 보는 관점에 따라. 저는 은행에서 그렇게 대단하지 않은 위치에 앉아 있습니다만, 부인 남편께서 이제 저의 새로운 상사로 오신다는 얘기를 들어서….

노라   그래서요?

크로그스타드   그저 따분한 사업 얘기죠. 다른 건 전혀 없습니다.

노라   그렇군요, 그럼 남편 사무실로 가시면 되겠네요. (냉랭하게 고개를 끄덕해 보이고, 문을 닫은 후 난로를 살피러 걸어온다)

린데 부인   노라… 아까 그 남자 누구야?

노라   크로그스타드 씨야.

린데 부인   정말 그 사람이 맞았네.

노라	저 사람을 알아?
린데 부인	한때 알았지. 아주 여러 해 전에. 우리 지역의 변호사 사무장으로 일했었어.
노라	아, 그랬구나.
린데 부인	정말 많이 변했네.
노라	내가 알기론 결혼 생활이 정말 불행했대.
린데 부인	그리고 이제 혼자 됐어?
노라	아이들만 여럿 남았지. 됐다. 이제 불이 붙었네. (난로 덮개를 닫고 흔들의자를 옆으로 조금 옮겨 놓는다)
린데 부인	다양한 사업을 하고 있다는 것 같던데?
노라	그래? 뭐, 그럴 수도 있을 거야. 나는 잘 몰라. 하지만 이제 그런 사업 얘기는 하지 말자. 너무 따분하잖아.

랑크 박사가 헬메르의 방에서 나온다.

| 랑크 | (여전히 문가에 서서) 아니야, 아니야, 헬메르. 방해가 되고 싶지 않아. 부인이나 잠깐 뵙고 갈게. |

(문을 닫고 린데 부인이 있음을 알아차린다) 아, 죄송합니다. 여기서도 제가 방해가 되는 것 같네요.

노라 전혀 아니에요. (소개한다) 이쪽은 랑크 박사님. 이쪽은 린데 부인이에요.

랑크 아하. 이 집에서 자주 듣던 이름이네요. 아까 도착했을 때 층계참에서 제가 지나쳐 왔던 것 같은데요.

린데 부인 네, 저는 계단 오르는 속도가 느려요. 저는 그게 그렇게 힘들더라고요.

랑크 아, 몸이 좀 안 좋으신가보죠?

린데 부인 그렇다기보다는 사실 많이 지쳐 있어서요.

랑크 다른 문제는 없고요? 그렇다면, 여기서 크리스마스 모임도 즐기고 좀 쉬려고 오신 모양이네요.

린데 부인 일자리를 찾으려고 왔어요.

랑크 지친 사람에게 그게 과연 적절한 치료법일까요?

린데 부인 박사님, 일단 먹고 살아야 하니까요.

랑크	네, 꼭 살아야 한다는 게 일반적인 사회 통념이죠.
노라	랑크 박사님 무슨 말씀이세요. 박사님도 오래 살고 싶으시잖아요.
랑크	네, 물론입니다. 아무리 비참할지언정 저 역시 최대한 오래오래 고통 받으며 살고 싶습니다. 저의 환자들도 전부 마찬가지죠. 도덕적으로 병든 사람들도 마찬가집니다. 바로 지금도 헬메르의 방에 도덕적 병약자가 와 있지 않습니까.
린데 부인	(낮은 소리로) 아!
노라	그게 무슨 말씀이세요?
랑크	아, 크로그스타드 얘깁니다. 부인은 전혀 모르는 사람이죠. 아주 뼛속까지 썩은 사람입니다. 그런데 그 사람마저도 자기도 살 길을 찾아야 한다는 얘기를 마치 무슨 대단히 의미 있는 얘기하듯 하더군요.
노라	아, 그래요? 토르발에게 무슨 얘기를 하고 싶은 걸까요?

랑크	저야 전혀 모릅니다. 은행에 관련된 얘기를 하고 있다는 것만 들었습니다.
노라	저는 크로그, 그 크로그스타드란 분이 은행과 관련이 있는지는 몰랐네요.
랑크	은행에서 무슨 일인가를 하고 있습니다. (린데 부인을 향해) 부인이 사시던 지역에도 그런 부류의 사람들이 있었는지 모르겠습니다만, 도덕적 부패의 냄새를 맡으려고 정신없이 뛰어다니는 사람들이 있죠. 그래서 그걸 이용해서 자기한테 유리한 자리나 뭐 그런 걸 차지하겠다는 심산인 거죠. 그래서 정신적으로 건강한 사람들은 그런 사람들한테 밀려나고도 참아야 하는 겁니다.
린데 부인	하지만 일단은 아픈 사람들이 가장 보호를 받아야 하는 사람들 아닐까요?
랑크	(어깨를 으쓱해 보이며) 네, 맞는 말씀입니다. 그런 태도가 이 사회 전체를 병원으로 만드는 겁니다.

노라, 자기만의 생각에 잠겨 있다가 작은 소리로 웃기 시작하더니 손뼉을 친다.

랑크   왜 웃으시죠? 사회란 게 뭔지 그렇게 잘 아시나요?

노라   따분한 사회 따위에는 관심 없어요. 저는 전혀 다른 일 때문에 웃은 거예요. 정말 엄청나게 재미있는 일이죠. 랑크 박사님, 상업은행에 고용된 사람들은 이제 전부 토르발에게 종속되는 거죠, 그렇죠?

랑크   그게 그렇게 재미있으십니까?

노라   (미소를 띠고 흥얼거리며) 신경 쓰지 마세요! 신경 쓰지 마세요! (방 안을 서성이며) 그게, 이제는 우리가… 토르발이 그렇게나 많은 사람들에게 영향력이 있다는 건 확실히 엄청나게 즐거운 일이죠. (주머니에서 종이봉투를 꺼내며) 랑크 박사님, 마카롱 하나 드시겠어요?

랑크   마카롱이요? 저는 마카롱이 이 집에서는 금지된 줄 알았는데요.

노라	네, 하지만 크리스티네가 저한테 준 걸요.
린데 부인	뭐? 내가?
노라	자, 자, 그렇게 놀랄 것 없어. 토르발이 금지했다는 걸 네가 어떻게 알았겠니. 그이는 그저 내 이가 상할까 봐 걱정을 하는 것뿐이야. 하지만 한 번쯤이야 뭐! 안 그래요, 박사님? 자, 여기요! (마카롱 하나를 박사의 입에 집어넣는다) 크리스티네, 너도. 그리고 나도 하나. 작은 것 하나만, 아니 두 개까지만. (다시 방 안을 서성인다) 그래요, 나는 정말 엄청나게 행복해요. 이제 내가 정말 간절하게 하고 싶은 건 딱 하나밖에 안 남았어요.
랑크	그래요? 그게 뭐죠?
노라	토르발이 들을 수 있도록 정말 미치도록 하고 싶은 말이 있어요.
랑크	그럼 말하면 되잖아요.
노라	안 돼요. 너무 흉한 말이거든요.
린데 부인	흉한 말?
랑크	그럼 별로 권하고 싶진 않군요. 하지만 우리한

테는 말해도 되잖아요. 헬메르가 들을 수 있도록 그토록 하고 싶은 말이 뭔가요?

노라　　　　제가 미치도록 하고 싶은 말은 바로, 이런 빌어먹을!

랑크　　　　미쳤어요?

린데 부인　　하느님 맙소사, 노라!

랑크　　　　그럼 말 하세요. 저기 헬메르가 나오네요.

노라　　　　(마카롱 봉지를 숨긴다) 쉿, 쉿, 쉿!

헬메르가 팔에 외투를 걸치고 손에 모자를 들고 방에서 나온다.

노라　　　　(그를 마주 보며) 토르발, 그래서 그 남자는 보냈나요?

헬메르　　　그래, 방금 갔어.

노라　　　　소개해 드릴 사람이 있어요. 이쪽은 크리스티네예요.

헬메르　　　크리스티네? 죄송합니다만, 잘 모르겠는데요.

노라　　　　린데 부인이요, 토르발. 크리스티네 린데.

헬메르	맞아. 아내의 어릴 적 친구 분, 맞으시죠?
린데 부인	네, 어릴 적부터 알고 지냈어요.
노라	당신을 만나려고 아주 먼 길을 왔어요.
헬메르	왜 저를?
린데 부인	그게, 꼭 그런 건 아니고….
노라	왜냐하면 크리스티네는 사무 일에 정말 재능이 있거든요. 그리고 능력 있는 상사 밑에서 더 많은 걸 배우고 싶은 욕구가 상당해요.
헬메르	아주 좋은 생각이네요, 린데 부인.
노라	그래서 당신이 은행장이 됐다는 소식을 듣고… 전보를 받았대요. 바로 최대한 빨리 온 거예요. 토르발, 나를 봐서라도 크리스티네를 위해서 당신이 뭔가 할 수 있죠, 내 생각이 맞죠?
헬메르	뭐, 불가능한 일은 아니지. 남편을 잃으신 모양이군요, 린데 부인?
린데 부인	네.
헬메르	그리고 사무직 경력도 있으시고요?
린데 부인	네, 제법 오래 했어요.
헬메르	그렇다면 일자리를 마련해 드릴 수 있을 것 같

네요.

노라   (손뼉을 치며) 그것 봐, 내 말이 맞지!

헬메르   린데 부인, 아주 절묘한 시점에 여길 오셨네요.

린데 부인   아, 어떻게 감사를 드려야 할지….

헬메르   그러실 필요 없습니다. (외투를 입는다) 하지만 오늘은 제가 좀 나가 봐야 해서.

랑크   잠깐, 나도 같이 가지. (복도에서 털 코트를 찾아 들고 난로 옆에서 덥힌다)

노라   토르발, 너무 늦지 마세요.

헬메르   한 시간이면 될 거야. 더 오래는 안 걸려.

노라   크리스티네, 너도 가는 거야?

린데 부인   (외투를 걸치며) 응, 이제 방을 구하러 가야 하거든.

헬메르   그러면 얼마쯤 같이 걸어갈 수 있겠네요.

노라   (린데 부인을 도우며) 집이 좁아서 너무 속상하네. 웬만하면 우리 집에서 지내면….

린데 부인   아냐, 그런 생각 절대 하지 마! 노라, 안녕. 그리고 정말 고마워.

노라   일단은 가. 하지만 오늘 저녁에 다시 와야지.

랑크 박사님도요! 몸이 괜찮으시면요. 그런데 괜찮으실 거예요. 따뜻하게만 입고 다니세요.

이런저런 대화를 나누며 현관 쪽으로 향한다. 바깥 계단에서 아이들의 목소리가 들려온다.

노라   애들이 왔어! 애들이!

노라, 달려가 문을 연다. 유모 안네 마리가 아이들을 데리고 오고 있다.

노라   어서 들어와! 어서!(허리를 굽혀 아이들에게 입을 맞춘다) 아, 나의 아기 천사들! 크리스티네, 애들이 정말 예쁘지 않니?

랑크   찬바람 드는 곳에서 인사는 그만치 해 두시고요.

헬메르   린데 부인, 가시죠. 여기서 이걸 견딜 수 있는 건 어머니란 존재뿐일 테니까요.

랑크 박사, 헬메르, 린데 부인이 아래층으로 내려간다. 유모가 아이들을 데리고 거실로 들어오고, 노라가 복도 쪽 문을 닫는다.

노라　　아이들이 정말 생기 있고 건강해 보여! 뺨이 어쩜 이렇게 붉은지! 사과 같기도 하고 장미 같기도 하네. (아이들이 노라와 함께 계속 이야기를 나눈다) 그렇게 재미있었어? 정말 대단하다. 정말. 에미랑 보브가 탄 썰매를 혼자 끌었다고? 그것도 둘을 한꺼번에? 정말? 그래, 이바르 너는 정말 똑똑한 아이야. 안네 마리, 제가 잠시만 안고 있을게요. 나의 사랑스러운 인형! (막내를 유모로부터 받아 안고 춤을 춘다) 그래, 그래, 엄마가 보브랑도 춤을 출게. 뭐? 눈싸움도 했다고? 엄마도 같이 했으면 좋았을 텐데! 아니에요, 애들 코트는 제가 벗길게요. 네, 제가 하고 싶어요. 재미있잖아요. 이제 안으로 들어가 있어요. 꽁꽁 언 것 같은데. 난로 위에 따뜻한 커피가 있어요.

유모는 왼쪽 방으로 들어간다. 노라는 아이들이 신나서 다 같이 떠들도록 내버려 두고 외투를 벗겨 사방에 던져 놓는다.

노라   설마, 진짜? 커다란 개가 너를 쫓아왔다고? 그런데 물지는 않았어? 그래, 개들은 이렇게 사랑스럽고 작은 아기 인형들은 물지 않는단다. 이바르, 그 꾸러미 안은 들여다보면 안 돼! 이게 뭐냐고? 그래, 알고 싶지? 하지만 안 돼. 진짜 무서운 게 들어 있거든. 자, 이제 놀까? 뭘 하고 놀까? 숨바꼭질? 그래, 숨바꼭질하고 놀자. 보브가 먼저 숨자. 엄마가 먼저? 그래, 엄마가 먼저 숨을게.

노라와 아이들이 웃고 소리 지르며 거실과 오른쪽 방을 오가며 논다. 그러다가 노라가 테이블 밑으로 들어가 숨고, 아이들이 달려 들어와 찾아보지만 찾지 못하다가, 노라가 숨죽여 웃는 소리를 듣고 테이블 쪽으로 달려와 테이블보를 들치고 노라를 찾아낸다. 신나서 꺄악 지르는 비명

소리. 노라는 마치 아이들에게 겁을 주려는 듯 기어 나온
다. 더 커지는 즐거운 비명 소리. 그사이 누군가가 문을 두
드리지만, 아무도 듣지 못한다. 이제 문이 살짝 열리며 크
로그스타드가 들어선다. 놀이가 계속되는 동안 그는 잠시
서서 기다린다.

크로그스타드 실례합니다, 헬메르 부인.

노라   (낮은 비명 소리와 함께 돌아서고, 놀란다) 아! 여
         기서 뭐 하시는 거죠?

크로그스타드 죄송합니다. 밖에 대문이 열려 있어서. 누군
         가 잊어버리고 닫지 않은 것 같습니다.

노라   (일어서며) 남편은 집에 없어요, 크로그스타드
         씨.

크로그스타드 알고 있습니다.

노라   그렇다면 무슨 일이신가요?

크로그스타드 부인과 할 얘기가 있어서요.

노라   저요? (아이들에게 조용히) 이제 안네 마리와 들
         어가 있어. 뭐라고? 아니, 저 낯선 아저씨는 엄
         마를 해치지는 않아. 저분이 가시면 우리 또 놀

자. (노라는 아이들을 왼쪽 방으로 들여보내고 문을 닫는다)

노라   (초조해하며, 긴장해서) 저랑 할 얘기가 있다고
            요?

크로그스타드   그렇습니다.

노라   오늘이요? 하지만 아직 월초가 되지도 않았잖
            아요.

크로그스타드   물론 아닙니다. 오늘은 크리스마스이브니
            까요. 이번 크리스마스가 얼마나 즐거운 날이
            될 수 있을지는 부인 손에 달려 있습니다.

노라   대체 원하는 게 뭐예요? 오늘은 제가 도저히 이
            럴….

크로그스타드   지금 그 얘기를 하자는 게 아닙니다. 다른
            일이 있습니다. 지금 잠깐 시간 되십니까?

노라   네, 물론 돼요. 하지만….

크로그스타드   좋습니다. 아까 제가 올센 카페에 앉아 있다
            가 부군께서 거리를 지나가는 것을 봤습니다.

노라   그런데요?

크로그스타드 어떤 숙녀분과요.

노라 그게 왜요?

크로그스타드 외람되지만 직접적으로 묻겠습니다. 그분
이 혹시 린데 부인이신가요?

노라 네, 맞아요.

크로그스타드 여기 막 도착하셨나요?

노라 네, 오늘 도착했어요.

크로그스타드 그리고 부인과 절친한 사이이고요?

노라 네, 맞아요. 그런데 왜….

크로그스타드 그분, 저도 한때 알던 분입니다.

노라 알고 있어요.

크로그스타드 그래요? 알고 계셨단 말이죠. 그럴 줄 알았
습니다. 본론을 바로 말씀드리자면, 린데 부인
이 은행에 취직하게 되는 건가요?

노라 크로그스타드 씨, 남편 아랫사람인 당신이 어
떻게 감히 나를 심문하듯 하는 거죠? 하지만 굳
이 물어보니 말씀드리죠. 네, 린데 부인은 은
행에서 일하게 될 거예요. 그리고 그녀를 추천
한 건 바로 저예요, 크로그스타드 씨. 이제 됐나

요?

크로그스타드 그럼 저의 추측이 딱 들어맞았군요.

노라 (방 안을 서성이며) 아, 저도 약간의 영향력은 갖고 있다고 생각해요. 단지 여자라고 해서…. 크로그스타드 씨, 고용된 입장이라면 상대의 기분을 상하게 할 만한 일은 하지 않도록 주의해야죠, 그러니까….

크로그스타드 영향력 있는 사람을 건드리면 안 된다는 말이죠?

노라 맞아요, 바로 그거예요.

크로그스타드 (어투를 바꾸며) 헬메르 부인, 그렇다면 부인의 그 영향력을 저를 위해 써 주시면 안 될까요?

노라 네? 그게 무슨 말이죠?

크로그스타드 제가 은행의 자리를 지킬 수 있게 도와주신다면 정말 좋겠는데요.

노라 그게 무슨 말인가요? 누가 크로그스타드 씨의 자리를 빼앗아 가기라도 한대요?

크로그스타드 아, 저한테는 그렇게 모른 척하지 않으셔도 됩니다. 저도 부인의 친구 분이 저와 직장에서 마주치는 게 불편할 거라는 건 충분히 이해합니다. 그리고 제가 은행에서 쫓겨나면 그게 누구 때문인지도 잘 알고 있고요.

노라   하지만 정말 분명히 말씀드릴 수 있는데.

크로그스타드   네, 네, 간단명료하게 얘기하죠. 아직 시간이 있습니다. 그리고 부인의 영향력을 이용해서 막아 주셔야 한다는 게 제가 드리는 충고입니다.

노라   하지만, 크로그스타드 씨, 저는 영향력이 전혀 없어요.

크로그스타드   그런가요? 방금 전에 분명 있다고 말씀하신 것 같은데요.

노라   그런 쪽으로는 없어요. 내가요? 어떻게 내가 남편에게 그런 쪽으로 영향력을 행사할 수 있다고 생각하세요?

크로그스타드   저는 부군과 학창 시절부터 알고 지낸 사이입니다. 우리의 은행장님께서 다른 남편들보다 덜 순종적일 거라고는 생각하지 않습니다만.

노라 남편에 대해 그렇게 무례하게 말씀하실 거라면, 그만 돌아가 주세요.

크로그스타드 용감하시군요.

노라 나는 더 이상 당신이 두렵지 않아요. 새해가 되면 저는 곧 이 관계에서 벗어나게 될 거니까요.

크로그스타드 (더 자제력을 발휘하며) 헬메르 부인, 제 얘기 잘 들으십시오. 만약 불가피하다고 판단되면, 저는 은행의 제 별 볼 일 없는 자리를 지키기 위해 목숨을 걸고 싸울 겁니다.

노라 네, 그러고도 남으실 것 같네요.

크로그스타드 단지 월급 때문에 이러는 게 아닙니다. 그런 건 별로 걱정하지 않아요. 하지만 다른 문제가 있어요. 그래요, 말 못할 것도 없습니다! 잘 들으세요. 다른 사람들이 다 알고 있는 것처럼 부인도 몇 년 전, 저의 경솔한 행동으로 문제가 불거졌던 것 알고 계시죠?

노라 그런 얘기를 들었던 것 같네요.

크로그스타드 그 일로 법정까지 가진 않았습니다만, 그 일

로 인해 뭔가를 해 볼 만한 활로가 전부 막혀
버렸습니다. 그래서 부인이 알고 계신 그 사업
을 시작했죠. 어쨌든 뭐라도 해야 했으니까요.
그리고 그럭저럭 잘 해 왔다고 생각합니다. 하
지만 이젠 그 일을 접어야 합니다. 아들들이 점
점 커 가고 있고, 아이들을 위해서라도 제가 할
수 있는 한 사회적으로 존중받는 위치에 있어
야만 합니다. 은행에서의 제 자리는 그 사다리
의 첫 단계입니다. 그런데 부군께서 저를 그 사
다리에서 밀어내려고 하십니다. 그러면 전 다
시 흙바닥에 떨어지고 말겠죠.

노라   그렇지만, 크로그스타드 씨, 그건 정말 제 힘으
로 어떻게 도울 수가 없어요.

크로그스타드 왜냐하면 의지가 없으니까요. 그러나 제겐
부인을 압박할 방법이 있죠.

노라   설마 내가 돈을 빌렸다는 얘기를 남편에게 하
겠다는 건 아니겠죠?

크로그스타드 흠, 만약 말하겠다면요?

노라   그런 부끄러운 짓을 하고 싶어요? (목이 메어 울

먹거리며) 나의 자존심이자 기쁨인 그 비밀을 남편이 그렇게 끔찍하고 졸렬한 방식으로, 그러니까 당신으로부터 듣게 만들다니! 당신은 도저히 믿을 수 없을 만큼 불쾌한 상황으로 날 몰아가고 있군요.

크로그스타드 그저 불쾌하기만 할까요?

노라 (격렬하게) 그럼, 그냥 말해 버려요. 제일 신세를 망치는 사람은 바로 당신일 테니까. 왜냐하면 그렇게 되면 남편은 당신이 얼마나 비열한 사람인지 알게 될 테고 그러면 절대로 은행의 자리를 지키진 못할 거예요.

크로그스타드 제가 묻는 건, 당신이 두려워하는 것이 이 집 안에서 느낄 불쾌함뿐이냐는 겁니다.

노라 남편이 알아내게 된다면 그이는 물론, 당장에 남은 빚을 갚아 버릴 거예요. 그러면 이제 우리는 더 이상 당신을 볼 일은 없을 것 같은데요.

크로그스타드 (한 걸음 다가가며) 헬메르 부인, 잘 들어요. 부인의 기억력이 안 좋으시거나 이런 일을 잘 이해하지 못하시는 것 같아서 제가 상황을 좀 더 깊이 설명해 드려야 할 것 같습니다.

노라　　　그게 무슨 말이죠?

크로그스타드　부군께서 편찮았을 때 부인이 제게 와서 1,200탈러를 빌려가셨죠.

노라　　　아는 사람이 당신밖에 없었으니까요.

크로그스타드　그래서 제가 그 금액을 맞춰 드리겠다고 약속을 했고요.

노라　　　그래서 빌려주셨죠.

크로그스타드　저는 그 돈을 한 가지 조건 하에 빌려 드린다고 약속했습니다. 그 당시에 부인께선 남편의 병을 걱정하느라 정신이 없었고, 어떻게든 여행 자금을 마련해야겠다는 생각이 간절해서 다른 부수적인 상황은 제대로 살펴보지 않은 것 같은데요. 그래서 몇 가지를 상기시켜 드릴 필요가 있을 것 같습니다. 자, 저는 제가 작성한 차용 증서에 따라 돈을 빌려 드린다고 약속했습니다.

노라　　　네, 그리고 제가 거기에 서명했죠.

크로그스타드　맞습니다. 하지만 그 서명 란 아래에 저는 부인의 부친이 보증인이 되신다는 내용을 몇 줄 추가해 넣었죠. 그리고 그 내용에 대해 아버님께서 서명을 하시기로 되어 있었고요.

노라   되어 있었다니요? 아버지가 서명을 하셨죠.

크로그스타드   저는 날짜 칸을 비워 놓았습니다. 그 칸은 아버님께서 서명을 하시는 날에 날짜를 함께 기입하게 되어 있었습니다. 이 부분도 기억을 하시는지요, 헬메르 부인?

노라   네, 그랬던 것 같….

크로그스타드   그다음에 제가 차용 증서를 넘겨 드렸죠. 부친께 우편으로 보내시라고요. 그렇죠?

노라   네.

크로그스타드   그리고 물론 받은 즉시 발송하셨겠죠. 5, 6일이 채 안 돼서 아버지 서명이 된 증서를 제게 가져오셨으니까요. 그리고 저는 약속한 금액을 드렸고요.

노라   네. 그리고 저는 제때 돈을 지불하지 않았나요?

크로그스타드   네, 맞습니다. 하지만, 하던 얘기로 다시 돌아가자면, 그때는 헬메르 부인께 정말 힘든 시기였죠?

노라   네, 그랬어요.

크로그스타드   아버지께서도 위중하셨던 걸로 알고 있습니다만.

노라   거의 돌아가시기 직전이었죠.

크로그스타드   그 뒤에 곧 돌아가셨죠?

노라   네.

크로그스타드   헬메르 부인, 아버지께서 돌아가신 날을 기억하십니까? 정확한 날짜를 말입니다.

노라   아빠는 9월 29일에 돌아가셨어요.

크로그스타드   정확합니다. 제가 직접 확인해 봤습니다. 그래서 바로 이상한 점이 있다는 거죠. (서류를 꺼내며) 도저히 설명이 안 된다는 말입니다.

노라   뭐가 이상하다는 거죠? 무슨 말씀이신지….

크로그스타드   부인, 선친께서 돌아가신 지 사흘이 지나 서명을 하셨다니 참 이상하지 않습니까?

노라   어떻게? 저는 이해가 잘 이해가….

크로그스타드   부인의 아버지께서는 9월 29일에 돌아가셨습니다. 하지만 이걸 보십쇼. 여기에 아버지께서는 서명 날짜를 10월 2일이라고 적으셨습니다. 부인, 정말 이상하지 않습니까?

노라   (아무 말도 하지 못한다)

크로그스타드   저한테 이 부분을 좀 설명해 주시겠습니까?

노라   (여전히 침묵을 지킨다)

크로그스타드   또 한 가지 이상한 것은 10월 2일이라는 날짜와 연도가 부인의 아버지 필체가 아닌 제가 알아볼 수 있을 것 같은 다른 분의 필체로 적혀 있다는 거죠. 뭐, 그 점이야 물론 설명이 가능할 수도 있습니다. 아버지께서 서명 옆에 날짜 쓰는 걸 잊어버리셨고, 그래서 다른 누군가가 그 분의 죽음을 알기 전에 대신 써 넣었을 수도 있겠죠. 그 점은 문제 될 게 없습니다. 문제가 되는 건 바로 서명이죠. 그리고 그 서명만은 아버지의 것이 맞겠죠, 헬메르 부인? 여기 서명을 하신 분은 아버지 본인이 맞습니까?

노라   (짧은 침묵이 흐른 후, 고개를 홱 돌리더니 그를 도전적으로 쳐다본다) 아니, 아니에요. 아빠의 이름을 쓴 건 바로 나예요.

크로그스타드 헬메르 부인, 제 말 잘 들으세요. 지금 이것
을 인정하신 것이 대단히 위험한 일이라는 것
은 인식하고 계십니까?

노라 왜요? 돈은 금방 다 갚을 건데요.

크로그스타드 질문을 하나만 드리겠습니다. 왜 서류를 아
버지께 보내지 않으셨습니까?

노라 그럴 수 없었어요. 아빠는 편찮으셨어요. 그런
데 제가 서명을 부탁드리면 그 돈을 어디에 쓸
예정인지 말씀드려야 했어요. 하지만 당연히
그런 말은 할 수 없었어요. 아버지도 그렇게 편
찮으신데 제 남편의 생명이 위태롭다고 어떻
게 말하죠? 그건 불가능한 일이에요.

크로그스타드 사정이 그랬다면 외국으로의 여행을 포기
하셨어야죠.

노라 아뇨. 그럴 순 없었어요. 남편을 살리기 위해
떠나야만 했다고요. 포기할 수 없었어요.

크로그스타드 저한테 사기를 치는 죄를 저지르고 있다는
생각은 못 하셨나요?

노라 그런 것까진 생각할 여력이 없었어요. 저는 당

신은 전혀 걱정이 안 됐어요. 내 남편이 얼마나 위험한 상황인지 다 알면서도 이런저런 절차로 귀찮게 하는 당신의 냉정함을 견디기 힘들 뿐이었죠.

크로그스타드 헬메르 부인, 부인은 부인이 실제로 죄를 저질렀다는 사실을 제대로 이해를 못 하고 계시군요. 한 가지 말씀드리죠. 제가 예전에 저질렀던 일도 부인이 한 짓보다 더하지도 덜하지도 않은 일이었지만 그 일로 저의 사회적 지위는 완전히 무너져 버렸습니다.

노라 크로그스타드 씨가요? 그러니까 당신도 아내의 목숨을 구하기 위해 용감한 행동을 했다는 걸 저보고 믿으라는 건가요?

크로그스타드 법은 동기에 대해선 묻지 않습니다.

노라 그렇다면 그건 정말 악법이네요.

크로그스타드 악법이든 아니든 만약 제가 이 서류를 법정에 제출하면 부인은 법의 심판을 받게 될 겁니다.

노라 저는 그 말을 못 믿겠네요. 딸로서 죽음을 앞둔

늦은 아버지를 걱정이나 불안으로부터 보호할 권리도 없다는 말인가요? 아내에게 남편의 목숨을 구할 권리도 없단 말인가요? 저는 법을 속속들이 잘 알지는 못 하지만 이런 권리는 허용된다고 어딘가에는 나와 있을 거라고 확신해요. 그리고 당신은 그런 사실을 모를 뿐이에요. 당신이 변호사라고요? 크로그스타드 씨, 당신은 정말 형편없는 변호사임이 분명해요.

크로그스타드　그럴지도 모르죠. 하지만 부인과 저 사이에 있었던, 그런 사업적 합의에 관해서 제가 제대로 이해 못 하고 있다고 생각하진 않으시겠죠? 좋습니다. 원하는 대로 하십쇼. 하지만 이것만큼은 꼭 말씀드려야겠네요. 또 한 번 저를 이렇게 박대하시면, 저는 절대로 혼자 죽지는 않을 겁니다.

그는 물러간다는 몸짓을 취하고 복도로 나간다.

노라　　　(잠시 생각에 잠겼다가 고개를 확 든다) 말도 안

돼! 나를 협박하려 들다니! 나는 그렇게 순진하
지 않다고. (바삐 아이들의 옷을 주워 정리하다가,
곧 멈춘다) 그렇지만… 아냐, 불가능한 일이야!
어쨌든 다 가족을 사랑해서 한 일이야.

아이들 (왼쪽 문가에 서서) 엄마, 아까 그 아저씨, 아래층
문으로 나갔어요.

노라 그래, 그래, 알고 있어. 하지만 너희들은 그 아
저씨에 대해서 아무에게도 말하면 안 돼. 알겠
지? 아빠한테도 말하면 안 돼!

아이들 안 할게요, 엄마. 이제 우리랑 다시 놀아 주면
안 돼요?

노라 아니, 안 돼, 지금은 안 돼.

아이들 하지만, 엄마, 약속했잖아요.

노라 그래, 하지만 지금 당장은 안 돼. 안으로 들어
가. 엄마는 지금 할 일이 너무 많아. 어서, 어서
들어가, 우리 귀여운 아가들.

노라는 다정하게 아이들을 방으로 들여보내고 문을 닫
는다.

노라	(소파에 앉아 자수 도구를 집어 들고 수를 몇 땀 놓다가 금세 멈춘다) 아냐! (자수 놓던 걸 옆으로 던져 버리고, 일어나서 복도 쪽 문으로 가서 소리 지른다) 헬레네! 크리스마스트리를 안으로 좀 들여놔줘요. (왼쪽 테이블로 가서 서랍을 열고, 다시 멈춘다) 아냐, 절대 불가능한 일이야, 절대로!
하녀	(크리스마스트리를 들고) 어디에 둘까요?
노라	저기, 거실 중앙에 놓아 줘요.
하녀	또 필요하신 건 없으신가요?
노라	아니, 괜찮아요. 필요한 거 없어요.

하녀는 트리를 내려놓고 다시 퇴장한다.

노라	(분주하게 트리를 장식한다) 양초는 여기에, 꽃은 여기에…. 비열한 인간 같으니라고! 아냐, 말도 안 돼, 말도 안 돼! 아무 문제 아냐. 크리스마스트리는 정말 예쁠 거야. 토르발, 당신이 원하는 것은 뭐든지 할 거예요. 당신을 위해 노래를 하고, 당신을 위해 춤을 출 거예요….

헬메르, 종이 뭉치를 팔 아래 끼고 밖에서 들어온다.

노라　　　　아, 벌써 들어오는 거예요?

헬메르　　　그래. 여기 누가 왔었나?

노라　　　　여기요? 아뇨.

헬메르　　　그거 이상하네. 크로그스타드가 아래층 문에
　　　　　　서 나오는 걸 내가 봤는데.

노라　　　　그래요? 아, 맞아요, 크로그스타드 씨가 잠시 들
　　　　　　렀어요.

헬메르　　　노라, 당신 얼굴에 다 쓰여 있어. 크로그스타드
　　　　　　는 여기에 와서 나한테 자기 얘기를 좀 잘 해
　　　　　　달라고 당신한테 부탁하고 간 거잖아.

노라　　　　맞아요.

헬메르　　　그리고 당신은 그게 당신 생각인 것처럼 나한
　　　　　　테 말할 작정이었던 거야? 그가 여기 왔었다는
　　　　　　사실도 나한테 숨길 생각이었고. 그것도 그 사
　　　　　　람이 부탁한 거겠지, 안 그래?

노라　　　　그래요, 하지만 토르발….

헬메르　　　노라, 노라, 어떻게 그런 일에 동조할 수 있어?

그런 부류의 남자와 말을 섞고 약속까지 하다니! 그리고 무엇보다도 나한테 거짓을 말하고!

노라 거짓이요?

헬메르 집에 아무도 오지 않았다고 얘기하지 않았어? (손가락을 단호하게 흔든다) 나의 작은 종달새는 앞으로 절대 그런 짓을 하면 안 돼. 종달새는 깨끗한 부리로 지저귀어야 해. 절대 거짓 노래는 안 된다고. (두 팔로 노라의 허리를 감는다) 그래야 마땅하지 않겠어? 그래, 내 생각은 그래. (노라를 놓아준다) 이제 더 이상 그 얘기는 하지 말자고. (난로 앞에 앉는다) 역시 집 안은 아늑하고 편안하군. (서류를 몇 장 넘기며 살핀다)

노라 (분주하게 크리스마스트리를 장식하다가 잠시 후에) 토르발!

헬메르 응.

노라 내일모레 스텐보르그 씨 댁에서 열릴 가장무도회가 정말 기대돼요.

헬메르 그리고 나는 당신이 나를 어떻게 놀라게 해줄지 정말 기대되는데.

노라	그깟 허접한 아이디어.
헬메르	뭐라고?
노라	이렇다 할 만한 게 떠오르질 않아요. 생각나는 것마다 전부 다 한심하고 의미도 없어요.
헬메르	우리 귀여운 노라가 그런 깨달음에 도달하셨나?
노라	(헬메르의 의자 뒤에서 두 팔을 의자 등에 얹고) 토르발, 많이 바쁜가요?
헬메르	글쎄⋯.
노라	그 서류는 다 뭐예요?
헬메르	은행 일.
노라	벌써요?
헬메르	사업 계획이나 직원들 인사에 필요한 변화를 수행할 권한이 이제 내게 넘어왔어. 성탄절 주중은 그 일을 하며 보내야 해. 새해 전에 모든 게 정리되어 있길 바라니까.
노라	그래서 그 가엾은 크로그스타드 씨가⋯.
헬메르	흠.
노라	(여전히 헬메르의 의자 뒤편에 기대선 채 그의 목

덜미의 머리칼을 손가락으로 천천히 쓰다듬는다) 당신이 이렇게 바쁘지만 않았다면 엄청나게 큰 부탁을 하나 하려고 했어요.

헬메르 말해 봐. 뭔데 그러지?

노라 당신만큼 안목이 뛰어난 사람이 없잖아요. 그리고 저는 무도회에서 정말 예쁘게 보이고 싶거든요. 토르발, 당신이 내 손을 잡고 함께 가서 내가 무엇으로 변장할지 의상은 어떤 것으로 할지 정해 주면 안 될까요?

헬메르 우리 고집쟁이 아가씨가 이제 자신을 구원해 줄 남자를 찾고 있단 말이지?

노라 그래요, 토르발. 저는 당신 도움 없이는 아무것도 못 하잖아요.

헬메르 알았어. 내가 생각을 좀 해 볼게. 그러면 좋은 게 떠오를 거야.

노라 역시, 당신은 정말 친절하세요. (다시 크리스마스트리 앞으로 돌아가고, 잠시 멈춘다) 이 빨간 꽃들은 정말 예쁘네. 그런데 크로그스타드 씨가 잘못했다는 일이 그렇게 심각한 일이었나요?

헬메르	서명을 위조했어. 그게 무엇을 의미하는지 알기나 해?
노라	피치 못할 사정이 있었던 건 아닐까요?
헬메르	그랬을 수도 있지만, 대부분의 사람들이 그러듯이 그저 경솔했던 것이었을 수도 있지. 나는 단 한 번의 잘못 때문에 사람을 단죄하는 비정한 사람이 아니라고.
노라	맞아요, 정말 그래요, 토르발.
헬메르	잘못이 있는 사람들도 도덕적으로 잘못을 만회할 기회가 있어. 솔직하게 잘못을 고백하고 벌을 받기만 한다면 말이지.
노라	벌이요?
헬메르	하지만 크로그스타드는 그 길을 택하지 않았어. 그 인간은 잔꾀와 계략을 써서 빠져나가려고 했지. 바로 그 점이 그의 도덕성이 형편없음을 입증하는 거야.
노라	그러니까 당신 생각은….
헬메르	생각해 보라고. 죄의식을 느끼는 사람이라면 어떻게 모든 사람들에게 거짓말을 하고, 숨기

고, 아닌 척 가식을 떨겠어. 어떻게 자기에게 가장 가까운 사람들에게조차 가면을 쓸 수 있나. 자기 아내와 아이들에게까지 말이야. 노라, 아이들에게까지 숨겼다는 건, 정말 최악이야.

노라　왜요?

헬메르　왜냐하면 거짓말의 고약한 냄새와 공기는 집 안 구석구석에 전염병과 질병을 퍼뜨리기 때문이지. 그런 집에서 아이들은 추악한 병균들이 득시글거리는 공기를 들이마시게 될 거라고.

노라　(그의 뒤로 가까이 다가가며) 정말 그렇게 확신하세요?

헬메르　여보, 노라. 나는 변호사로 일하면서 이런 일을 숱하게 경험해 봤다고. 어린 나이에 이미 도덕적으로 타락한 사람들을 보면 그 어미가 거짓말쟁이인 경우가 거의 대부분이야.

노라　왜 꼭 엄마만 문제죠?

헬메르　대부분은 어미의 탓이지만 물론, 아버지 쪽도 똑같은 영향을 줄 수 있지. 변호사들이라면 다

아는 사실이라고. 그리고 크로그스타드라는 작자는 거짓과 위선으로 자기 자식들을 물들이고, 아이들에게도 독이 되는 존재야. 그게 내가 그 사람이 도덕적으로 결함이 있다고 보는 이유야. (노라에게 두 손을 내민다) 그리고 그렇기 때문에 나의 작고 귀여운 노라는 그 인간을 변호하면 안 된다는 거야. 당신 손을 이리 줘. 그렇지. 이제 이렇게 결정된 거야. 확실히 말해 두는데 나는 그 사람과 도저히 함께 일할 수 없어. 나는 그런 인간의 근처에만 가도 진짜로 몸이 안 좋아지는 것 같거든.

노라 (손을 빼서 크리스마스트리의 다른 쪽으로 걸어간다) 이 안이 정말 덥네요. 그리고 할 일이 너무 많아요.

헬메르 (일어나서 서류들을 한데 모은다) 그래, 나도 저녁 식사 전에 이것들을 좀 읽어야 할 것 같아. 당신 의상은…. 그것도 생각해 보도록 하지. 그리고 크리스마스트리에 금박종이로 포장해서 무엇을 걸어 둘지도 생각해 볼게. 상점에 나가 보면 살 수 있을지도 몰라. (두 손을 노라의 머리에 얹는다) 아, 나의 작고 귀여운 종달새. (자기 방으로 들어가고 문을 닫는다)

노라 (잠시의 침묵 후, 조용히) 아, 정말! 그건 사실이 아냐. 그건 불가능해. 불가능할 거야.

유모 (왼쪽 입구에 서서) 아이들이 엄마한테 가도 되냐고 자꾸 물어보는데요.

노라 아니, 안 돼요. 여기에 못 들어오게 해요! 유모가 데리고 있어 줘요.

유모 잘 알겠습니다. (문을 닫는다)

노라 (공포로 얼굴이 창백하다) 내가 나의 아이들을 타락시킨다고! 우리 집에 독이 되는 존재라고? (잠시 가만히 있다가 다시 고개를 높이 든다) 그렇지 않아. 그건 절대 사실이 아니야.

제2막

같은 방. 구석의 피아노 옆에 크리스마스트리가 서 있다. 장식을 모두 떼어 낸 부스스한 모습, 그리고 다 타 버린 양초가 달려 있다. 노라의 외투가 소파에 놓여 있다.

노라, 아무도 없는 방 안에서 초조하게 서성이다가 마침내 소파 앞에 멈춰 서서 외투를 집어 든다.

노라　　(다시 코트를 내려놓으며) 누군가가 오고 있어! (문가로 가서 귀를 기울인다) 아냐, 아무도 없어. 당연히 아무도 올 수 없지. 오늘은 크리스마스잖아. 그리고 내일도 마찬가지야. 하지만 그래도 혹시나…. (문을 열고 내다본다) 아냐, 우편함에도 아무것도 없어. 텅 비었잖아. (방을 가로질러 무대 앞으로 나온다) 아, 정말 말도 안 돼! 진짜로 그럴 생각은 아닐 거야. 그런 일은 있을 수 없어. 불가능해. 나한텐 어린 아이가 셋씩이나 있는 걸.

유모가 커다란 상자를 들고 왼쪽 방에서 들어선다.

유모	자, 드디어 가장 무도회 의상이 들어 있는 상자를 찾았어요.
노라	고마워요. 테이블 위에 올려 두세요.
유모	(그렇게 하면서) 그런데 관리 상태가 별로 좋진 않네요.
노라	아, 정말 전부 다 갈가리 찢어 버렸으면 좋겠어.
유모	저런, 조금만 손보면 괜찮아요. 조금만 참으셔요.
노라	그래요, 린데 부인을 불러서 도와 달라고 해야겠어요.
유모	또 외출하신다고요? 이렇게 궂은 날씨에? 노라 아씨[2], 그러다 한기 들리고 감기라도 들면 어쩌시려고요.
노라	그런 건 별일 아니에요. 아이들은 어쩌고 있어요?
유모	가엾은 어린 것들은 크리스마스 선물을 갖고 놀고 있긴 한데….
노라	계속 저를 찾나요?
유모	그게, 아무래도 엄마 옆에 붙어 있는 것에 익숙

2) 성이 아닌 이름을 부른다는 건 이들의 친밀함의 정도를 나타낸다.

한 아이들이라.

노라   그래요, 하지만 안네 마리, 이제부턴 예전처럼 아이들 옆에 붙어 있을 수 없어요.

유모   뭐, 아이들은 뭐든 적응이 빠르니까요.

노라   그렇게 생각해요? 만약에 엄마가 아예 떠나버려도 금방 잊을 수 있을 것 같아요?

유모   원 세상에, 아예 떠나다니요!

노라   말해 봐요, 안네 마리. 내가 종종 했던 생각인데, 어떻게 모성을 억누르고 자기 아이들을 남의 손에 맡길 수 있죠?

유모   그럴 수밖에 없었으니까요. 어린 노라 아가씨의 유모가 되기 위해서요.

노라   하지만, 정말 원해서 한 일이었나요?

유모   이렇게 좋은 일자리를 얻을 수 있었잖아요. 사고를 친 무일푼의 어린 여자는 이것저것 가릴 처지가 못 되죠. 어쨌든 그 못된 놈은 내게 아무것도 해 주지 않았으니까요.

노라   하지만 유모의 딸은 유모를 잊어버렸을 거 아니에요.

유모	아니에요, 절대로 잊지 않았어요. 세례를 받았을 때랑 결혼했을 때 저에게 편지를 보낸 걸요.
노라	(유모의 목을 어루만지며) 사랑하는 안네 마리, 내가 어렸을 때 유모는 정말 내게 좋은 엄마가 돼 줬어요.
유모	가엾은 어린 노라는 저밖에는 아무도 없었으니까요.
노라	그리고 나의 아가들이 엄마를 잃게 되면, 유모가 잘 해 줄 거란 걸 나는…. 아, 말도 안 돼, 말도 안 돼. (상자를 연다) 이제 아이들에게 가 보세요. 난 이제…. 내일이면 내가 얼마나 아름다운지 볼 수 있을 거예요.
유모	아, 무도회에서 노라 아가씨만큼 아름다운 사람은 찾을 수 없을 거예요.

유모, 왼쪽 방으로 퇴장한다.

| 노라 | (상자 속 물건을 꺼내기 시작하다가 곧 모두 옆으로 치워 버린다) 아, 내가 감히 집을 비울 수 있 |

다면. 아무도 오지 않을 거라고 확신할 수 있다면. 내가 나간 사이 아무 일도 일어나지 않을 거란 걸 알 수만 있다면. 말도 안 되는 소리! 아무도 오지 않을 거야. 그냥 아무 생각도 하지 말자. 털토시나 털자. 예쁜 장갑, 예쁜 장갑. 쓸데없는 생각들은 다 털어 버려! 털어 버려! 하나, 둘, 셋, 넷, 다섯, 여섯, (비명을 지른다) 아, 그들이 오고 있어. (문 쪽으로 다가가지만, 주저하고 있다)

린데 부인이 복도에 외투 등을 벗어 두고 들어온다.

노라　　　오, 크리스틴, 너니? 밖에 또 누가 있는 건 아니지? 네가 와서 정말 다행이야.

린데 부인　　나를 찾아왔었다고 해서.

노라　　　응, 그냥 지나가던 길이었어. 네가 꼭 도와줘야 할 일이 있어. 여기 소파에 좀 앉자. 내일 저녁에 스텐보르그 영사 댁에서 가장 무도회가 열리는데 토르발은 내가 나폴리의 고기잡이 아가씨 복장을 하고 타란텔라³⁾를 추길 원해. 카프리에 있을 때 배웠거든.

린데 부인 그러면 네가 그 춤을 혼자 다 추는 거야?

노라 그래, 토르발이 그렇게 하래. 의상은 여기 있어. 토르발이 맞춰 줬던 건데 이젠 완전히 누더기가 됐어. 그래서 도저히 이걸로는 어찌해야 좋을지….

린데 부인 금방 수선할 수 있을 거야. 장식 몇 군데가 좀 헐거워진 것뿐인데 뭐. 바늘이랑 실 있어? 그럼, 필요한 건 다 있네.

노라 아, 정말 고마워.

린데 부인 (바느질하며) 그래서 내일은 변장을 하는 거야? 그럼, 나도 그때 잠깐 와서 화려한 너의 모습을 보고 가야겠다. 아, 그리고 어제저녁 일 정말 고맙다고 한다는 걸 깜빡했어. 정말 좋은 저녁이었어.

노라 (일어서서 방 안을 가로지른다) 아, 어제는 평소만큼 좋은 날은 아니었어. 크리스티네, 네가 조금만 더 일찍 왔더라면 더 좋았을 텐데. 하지만,

그래, 토르발은 아름답고 멋진 가정을 만드는 법을 아주 잘 알고 있긴 해.

린데 부인 그건 너도 마찬가지지. 네가 괜히 너희 아버지 딸이겠니? 그런데, 랑크 박사님은 어제처럼 늘 그렇게 우울한 분이셔?

노라 아냐, 어젠 유독 그래 보이더라. 그런데 워낙 아주 위험한 병을 앓고 있긴 하셔. 결핵성 척추염을 앓고 있거든. 정말 안됐지. 그분의 아버지가 아주 상종 못할 인간이었지. 따로 여자가 있었어. 그래서 랑크 박사님은 어릴 때부터 병약했던 것 같아.

린데 부인 (바느질감을 내려놓으며) 하지만 노라, 너는 그런 것들을 어떻게 알게 된 거니?

노라 (방 안을 서성이며) 흠, 애가 셋씩이나 되면, 아는 게 많아서 반쯤은 의사인 여자들도 알고 지내게 되고 그들이 자주 찾아오곤 해. 그 여자들이 이런저런 얘기들을 전하고 다니지.

린데 부인 (다시 바느질을 하며, 잠깐의 침묵) 랑크 박사님은 이 집에 매일 오시니?

노라	하루도 빠짐없이. 어린 시절부터 토르발의 친구이고 이젠 나의 좋은 친구이기도 하시지. 랑크 박사님은 거의 이 집 식구야.
린데 부인	하지만 노라, 얘기해 봐. 그분은 정말 완전히 믿을 수 있는 사람이니? 내 말은, 다른 사람들의 비위를 맞추려고 아무 말이나 하는 사람은 아니야?
노라	아니, 오히려 그 반대야. 왜 그런 생각을 했어?
린데 부인	어제 네가 그분을 나한테 소개했을 때 이 집에서 내 이름을 자주 들었다고 그분이 말했잖아. 하지만 나중에 보니 너희 남편은 내가 누군지 전혀 모르고 있던 눈치던데. 그렇다면 랑크 박사란 분은 도대체 어떻게…?
노라	아냐, 다 맞는 말이었어, 크리스틴. 토르발은 워낙 말로 다 표현할 수 없을 정도로 나한테만 헌신하는 사람이라 나를 혼자 온전히 독차지하고 싶어 해. 결혼 초기에는 고향의 사랑하는 사람들에 대한 언급만 해도 거의 질투를 하더라

3) 이탈리아 나폴리의 민속 무곡과 그 춤

니까. 그러다 보니 자연히 나도 그런 얘기를 피하게 됐지. 하지만 랑크 박사님한테는 그런 얘기를 하거든. 박사님은 그런 얘기들을 기꺼이 잘 들어주시니까.

린데 부인 노라, 내 말 잘 들어. 너는 여러 면으로 아직도 아이 같아. 나는 너보다 나이도 더 많고, 물론, 경험도 더 많아. 그래서 한마디만 할게. 랑크 박사와의 그 관계는 빨리 정리하는 게 좋겠어.

노라 대체 무슨 관계를 정리하라는 거야?

린데 부인 어떤 관계든 간에. 어제 너를 숭배하는 부자가 너에게 돈을 줬으면 좋겠다는 말을 했지?

노라 그래, 안타깝게도 세상에 존재하지 않는 남자지. 그런데 그게 뭐?

린데 부인 랑크 박사는 부자니?

노라 그래, 부자야.

린데 부인 딸린 식구들도 없고?

노라 없어, 전혀. 그런데?

린데 부인 그리고 이 집에 매일 찾아오고?

노라 그래, 내가 아까 그렇다고 했잖아?

린데 부인	그런데 그렇게 성공한 사람이 뭐 하러 이 집에 그렇게 집요하게 찾아올까?
노라	난 네가 무슨 말을 하는지 도저히 모르겠다.
린데 부인	노라, 모르는 척하지 마. 네가 1,200탈러를 누구한테 빌렸는지 내가 모를 것 같아?
노라	너 정말 제정신이야? 어떻게 그런 상상을 해! 그분은 여기 매일 찾아오는 우리의 친구야! 그랬다면 매일 얼굴 보기가 얼마나 어색하겠어!
린데 부인	정말 랑크 박사가 아니라고?
노라	확실히 말해 두는데, 아니야. 그런 생각은 잠깐도 해 본 적이 없어. 그리고 그땐 그분도 우리에게 빌려줄 돈도 하나도 없었어. 나중에 상속을 받은 거니까.
린데 부인	그렇다면, 정말 다행이네.
노라	랑크 박사님한테 부탁해야겠다는 생각은 한 번도 해 본 적이 없어. 말을 하고 보니, 만약 그분에게 부탁을 한다면 분명히….
린데 부인	하지만 넌 물론 부탁하지 않겠지.
노라	그래, 당연하지. 그럴 필요도 없을 거라 생각하

고. 하지만 만약 내가 랑크 박사님께 부탁만 한

다면 그분은 분명….

린데 부인   남편 몰래?

노라   실은 청산해야 할 다른 일이 있어. 이것도 남편

은 모르는 일이야. 어떻게든 벗어나야 해.

린데 부인   그래, 그래, 어제 네가 얘기했었지. 하지만,

노라   (방 안을 왔다 갔다 하며) 이런 일은 보잘것없는

여자보단 남자가 훨씬 잘 해결할 수 있을 거야.

린데 부인   자기 남편이라면, 그래 맞아.

노라   말도 안 돼. (멈춘다) 너는 빚을 모두 갚았을 때

차용 증서도 같이 돌려받았니?

린데 부인   그럼, 당연하지.

노라   그리고 갈가리 찢어 버린 다음에 태워 버렸겠

지. 그 추잡하고 역겨운 종이 쪼가리!

린데 부인   (노라를 가만히 쳐다보다가 바느질감을 내려놓고

천천히 일어선다) 노라, 너 나한테 뭔가 숨기고

있지.

노라   얼굴에 드러나니?

린데 부인   어제 아침부터 무슨 일이 있는 게 분명해. 노라,

대체 무슨 일이야?

노라   (다가서며) 크리스티네! (귀를 기울인다) 쉿! 토르발이 집에 왔어. 지금은 일단 가서 아이들이랑 같이 있어. 토르발은 옷을 수선하고 꿰매는 꼴은 눈뜨고 못 봐. 안네 마리보고 도와 달라고 해.

린데 부인   (바느질하던 옷과 도구들을 주섬주섬 챙기며) 알았어. 하지만 아까 하던 얘기를 끝내기 전엔 안 돌아갈 거야.

린데 부인은 왼쪽 방으로 들어가고, 동시에 헬메르가 복도에서 들어선다.

노라   (헬메르를 맞아들이며) 토르발, 얼마나 기다렸다고요.

헬메르   방금 나간 사람은 재봉사인가?

노라   아니에요, 크리스티네예요. 제 의상 손보는 걸 도와주고 있어요. 내 모습이 얼마나 아름다울지 기대해도 좋아요.

헬메르	그래, 내 아이디어가 정말 탁월하지 않았나?
노라	최고였어요! 하지만 저도 착하지 않나요? 당신 말을 들어줬으니.
헬메르	(노라의 턱을 손으로 잡으며) 착하다고? 자기 남편의 말을 들어줬다고? 이런, 이런, 노라 당신은 말릴 수가 없군. 하지만 정말 그런 뜻으로 한 말은 아니겠지. 아무튼 더 이상 당신을 방해하고 싶진 않군. 의상을 입어 봐야 할 테니까.
노라	그리고 당신은 일할 건가요?
헬메르	그래. (서류 뭉치를 보여 주며) 이것 좀 봐. 은행에 다녀오는 길이야. (방으로 들어가려 한다)
노라	토르발.
헬메르	(멈추며) 응.
노라	만약 당신의 작은 다람쥐가 정말 예쁘게, 딱 한 가지만 부탁한다면….
헬메르	그게 뭐지?
노라	들어줄 건가요?
헬메르	당연히 그 부탁이 뭔지 먼저 알아야겠지.
노라	당신의 다람쥐는 마구 뛰어다니며 재주를 부

릴 거예요. 만약 당신이 친절하게도 나의 말을 들어준다면요.

헬메르   어서 말을 해 봐.

노라   당신의 종달새는 높은 음과 낮은 음을 넘나들며 지지배배 지저귈 거예요.

헬메르   하지만 나의 종달새는 평소에도 그렇게 노래하는 걸.

노라   저는 요정처럼 달빛 아래에서 당신을 위해 춤을 출 거예요, 토르발.

헬메르   노라, 설마 오늘 아침에 꺼냈던 그 얘기를 하는 건 아니겠지?

노라   (다가서며) 맞아요, 토르발, 이렇게 빌고 애원할게요!

헬메르   당신, 정말 그 얘기를 다시 꺼내려는 거군.

노라   네, 네, 당신이 내 말을 들어줘야 해요. 크로그스타드 씨가 은행에서 자리를 지킬 수 있게 해 줘요.

헬메르   하지만 노라, 내가 린데 부인에게 마련해 준 자리가 바로 그 사람의 자리였다고.

노라	네, 그건 정말 너무나 고맙게 생각하고 있어요. 하지만 크로그스타드 대신 아무나 다른 직원을 내보내면 되잖아요.
헬메르	이렇게 집요할 데가 있나! 당신이 아무 생각 없이 그 사람의 부탁을 들어주겠다고 약속했다고 내가 그렇게!
노라	그래서가 아니에요, 토르발. 모두 당신을 위해서예요. 그 사람은 아주 저속한 신문에 글을 쓴다고요. 당신이 그랬잖아요. 그 사람은 입에 담을 수 없는 말로 당신을 음해할 수 있어요. 저는 정말 그 사람이 너무 무서워요.
헬메르	아하. 이제야 알겠군. 예전의 기억 때문이야. 그것 때문에 당신이 이렇게 두려움에 벌벌 떠는 거야.
노라	그게 무슨 말이에요?
헬메르	당신은 당신 아버지 일을 생각하고 있는 거야.
노라	맞아요, 바로 그거예요. 그 사악한 사람들이 아빠에 관해서 어떤 얘기를 썼었는지, 그리고 아빠의 명예를 짓밟았던 것 기억하죠? 만약 정부

에서 그때 당신을 보내서 조사하도록 하지 않
았다면, 그리고 당신이 고맙게도 그렇게 아빠
를 돕지 않았더라면 아빠는 해고당했을 거예
요.

헬메르 사랑하는 나의 노라, 당신 아버지와 나는 상황
이 완전히 달라. 당신 아버지는 공무원으로서
떳떳치 못한 부분이 있었어. 하지만 나는 그렇
지 않고, 내가 내 자리에 있는 한 앞으로도 계
속 그러길 원해.

노라 하지만 사악한 사람들이 무슨 일을 작당할지
는 아무도 모르는 법이에요. 지금은 모든 게 순
조롭고, 당신과 나, 그리고 아이들, 이 평화롭고
근심걱정 없는 우리 집에서 모든 것이 평온하
고 행복할지 몰라도, 앞날은 모르는 거예요. 토
르발! 그래서 내가 이렇게 간절히 애원하는 거
예요.

헬메르 그리고 당신이 그렇게 그 인간을 위해 나한테
애원한다는 그 사실 때문에라도 나는 그를 데
리고 있을 수 없어. 은행에서는 이미 내가 크로

그스타드를 내보낼 계획이라는 걸 다 알고 있
어. 만약 은행장이 자기 마누라 때문에 마음을
바꿨다는 소문이라도 도는 날에는….

노라 그게 문제가 되나요?

헬메르 아니, 우리 고집쟁이께서 원하는 것을 얻기만
한다면야. 하지만 나는 전 직원 앞에서 우스운
꼴이 되겠지. 사람들이 내가 외부의 영향에 휘
둘리는 인간이라고 생각하지 않겠어? 괜히 하
는 소리가 아니야, 금방 그 일의 여파를 느끼게
될 거라고! 그뿐만이 아니야. 내가 은행장으로
있는 한 크로그스타드를 절대로 데리고 있을
수 없는 이유가 또 하나 있어.

노라 그게 뭔데요?

헬메르 꼭 필요하다면 나는 그의 도덕적 결함 정도는
눈감고 넘어갈 수도 있어.

노라 네, 그럴 수 있잖아요, 토르발.

헬메르 그리고 듣자하니 그자가 일도 아주 잘한다고
하더군. 하지만 그와 나는 어릴 적부터 알고
지내던 사이야. 꼭 철없던 시절의 무분별한 인

간관계가 훗날 사람을 당황하게 만든다니까. 그래, 당신에게 솔직하게 얘기하지. 우리는 서로 이름을 부르는 허물없는 사이였어. 그리고 이 눈치 없는 인간은 그걸 다른 사람들 앞에서 굳이 숨기려고 하지 않더군. 오히려 나한테 편하게 말할 자격이 있다고 생각하는 것 같아. 그래서 툭하면 '토르발, 어쩌고', '토르발, 저쩌고'하며 나를 이용하려 든단 말이야. 당황스럽기 짝이 없어. 은행에서 내 위신이 뭐가 되겠어.

노라 　　토르발, 당신, 진심으로 하는 얘기는 아닐 거예요.

헬메르 　그래? 왜 그렇지?

노라 　　왜냐하면 그건 정말 사소한 일이니까요.

헬메르 　그게 무슨 말이야? 내가 사소한 거에 목매는 옹졸한 사람이라는 말인가?

노라 　　아니에요, 오히려 그 반대죠. 토르발, 여보, 바로 그래서….

헬메르 　어쨌든 간에, 당신은 내가 사소한 문제로 이런

다고 생각하는 거잖아. 그렇다면 그런 사람이 돼야겠군. 사소하다고? 그래, 알았어. 덕분에 이 문제에 대한 결단을 내릴 수 있겠군. (복도 쪽 문으로 다가가 부른다) 헬레네!

노라 당신, 뭐 하는 거예요?

헬메르 (서류 뭉치 사이를 뒤진다) 문제를 해결하는 거야. (하녀가 들어온다) 자, 당장 이 편지를 들고 내려가서 배달부를 불러 배달하도록 해. 서둘러. 주소는 거기 적혀 있어. 자, 돈은 여기 있고.

하녀 알겠습니다. (편지를 들고 퇴장한다)

헬메르 (서류를 챙기며) 자, 우리 고집쟁이 아가씨.

노라 (숨 가쁘게) 토르발, 그 편지는 뭔가요?

헬메르 크로그스타드 해고 통지.

노라 다시 불러들여요, 토르발! 아직 시간이 있어요. 오, 토르발, 취소해요! 나를 위해서, 당신을 위해서, 아이들을 위해서 취소해 줘요! 내 말 듣고 있어요, 토르발? 얼른요! 당신은 이 일이 우리 가족을 나락으로 떨어뜨릴 거란 걸 모르고 있어요!

103

헬메르	이미 늦었어.
노라	그래요, 너무 늦었네요.
헬메르	여보, 노라. 나는 그토록 불안에 떠는 당신을 용서해 주겠어. 설사 그게 나에 대한 모욕이라 해도 말이지. 하지만 정말로 모욕감이 느껴지는군! 그런 삼류 글쟁이 변호사의 복수를 내가 두려워할 거라고 믿는다는 게 정말 모욕 아닌가? 하지만 그래도 당신을 용서해주겠어. 왜냐하면 그건 당신이 나를 무척이나 사랑한다는 달콤한 증거이니까. (그녀를 팔로 감싼다) 사랑하는 노라, 그건 그렇게 처리해야만 하는 일이야. 그다음에 무슨 일이 일어난다면 일어나라지. 무슨 일이 생기면, 정말로 내 말 믿어도 좋아, 내겐 힘도 있고 용기도 있어. 나는 모든 걸 책임질 수 있는 남자라는 걸 당신도 알게 될 거야.
노라	(겁에 질려) 그게 무슨 뜻이에요?
헬메르	내가 모든 걸 다 책임진다는 말이야.
노라	(단호하게) 안 돼요, 절대로, 절대로 혼자 그러지

말아요.

헬메르　　그래, 좋아. 그럼 우리가 함께 나눠 가지자고, 남편과 아내로서. 그래야 맞아. (그녀를 어루만진다) 이제는 만족하나? 자, 자, 이제 그렇게 겁에 질린 비둘기 같은 눈으로 날 보지 마! 이런 건 정말 아무 일도 아니야. 당신의 상상력이 만들어 낸 빈 껍데기일 뿐이야. 이제 탬버린을 들고 타란텔라 연습을 해야지. 안쪽 서재로 들어가서 문을 닫고 있으면 나는 아무 소리도 듣지 못할 거야. 당신은 마음 놓고 큰소리를 내도 괜찮아. (문가에서 돌아서며) 그리고 랑크가 오면 내가 어디 있는지 안내해 줘. (노라에게 고개를 끄덕이고 서류를 들고 방으로 들어가 문을 닫는다)

노라　　(두려움에 어찌할 바를 몰라, 그 자리에 못 박힌 듯 서서 중얼거린다) 그는 이미 준비가 돼 있었어. 그렇게 할 거야, 하고 말 거야, 무슨 일이 있어도 할 거야. 안 돼, 그것만은 절대 안 돼! 구해 내야 해. 탈출구를 찾아야 해. (현관 벨이 울린다) 랑크 박사님이네! 누구보다도 먼저! 무엇보다도 먼저! 무슨 일이 있어도!

노라는 손으로 얼굴을 문지른 뒤, 냉정을 되찾고 문을 열어 주기 위해 복도로 나선다. 랑크 박사는 복도에 서서 코트를 걸고 있다. 조명이 어두워지기 시작한다.

노라 랑크 박사님, 안녕하세요. 벨이 울리는 순간 박사님인 줄 알았어요. 하지만 지금 당장은 토르발을 만나실 수 없겠어요. 뭔가 바쁜 일이 있는 것 같아요.

랑크 부인은요?

노라 (그가 거실로 들어오자 문을 닫는다) 박사님, 잘 아시잖아요. 박사님을 위해서라면 저는 언제나 시간이 있답니다.

랑크 감사합니다. 시간이 허락될 때까지는 그 시간을 잘 이용해야겠네요.

노라 허락될 때까지라니요, 그게 무슨 뜻인가요?

랑크 네, 그 말에 놀라셨나요?

노라 그게, 말이 좀 이상하잖아요. 무슨 일이 있는 건가요?

랑크   앞으로 일어날 일은, 이미 오랫동안 마음의 준비를 했던 일입니다. 하지만 이렇게 빨리 찾아올 줄은 몰랐어요.

노라   (그의 팔을 붙들며) 무슨 일이에요? 랑크 박사님, 저한테는 얘기해 주셔야죠.

랑크   (난로 옆에 앉으며) 나는 이제 내리막길로 접어들었어요. 어찌해 볼 방법이 없어요.

노라   (안도의 한숨을 내쉬며) 아, 박사님 일인가요?

랑크   제 일 아니면 누구 일이겠어요? 스스로를 속이는 건 아무 의미 없어요. 내 환자들 중에 가장 비참한 사람이 바로 접니다, 헬메르 부인. 지난 며칠에 걸쳐 제 상태를 철저하게 검사했어요. 끝장이에요. 아마도 이번 달이 끝나기 전에 나는 교회 묘지에 누워 썩어 가고 있을 거예요.

노라   부끄러운 줄 아세요. 어떻게 그렇게 흉한 말을 하세요?

랑크   그게, 지금 나한테 정말로 그렇게 흉한 일이 벌어지고 있어요. 하지만 문제는 앞으로 흉한 일이 계속해서 일어날 거라는 거죠. 지금 제가 받아야 할 검사가 딱 하나 남아 있는데 그것만 끝나면 파국이 찾아올 때까지 남은 시간을 대충 알 수 있게 될 거예요. 부인께 그전에 드리고 싶은 말씀이 있어요. 헬메르는 감성이 예민한 친구라 흉한 꼴은 견디지 못할 겁니다. 그 친구는 내 병실에 오지 못하게 해 주세요.

노라   아, 하지만 랑크 박사님….

랑크   병실에서 그를 보고 싶지 않아요. 어떠한 경우에도. 저는 그와 통하는 문을 닫아 버릴 겁니다. 최악의 상황이 됐다는 게 확실해지면 검정 십자가가 그려진 제 명함을 보내 드릴게요. 그러면 부인은 제 몸 상태가 돌이킬 수 없는 지경이 됐다고 생각하면 돼요.

노라   아, 박사님이 오늘은 정말 이성적이지 않으신 것 같아요. 오늘만큼은 박사님이 정말 좋은 기분이길 바랐는데.

랑크   죽음이 눈앞에 닥쳤는데요? 그것도 다른 사람의 죗값을 치르느라 그렇게 됐는데요? 너무 불

공평하지 않나요? 하긴 집집마다 어떤 식으로
든 이런 응징을 당하는 사람은 생기기 마련이
죠.

노라 (귀를 막으며) 아, 그만, 그만! 즐겁게! 즐겁게 살
아요!

랑크 하긴, 이런 일에는 그저 웃는 수밖에 다른 방법
은 없는 것 같아요. 아무 죄 없는 나의 가엾은
척추는 나의 아버지의 중위 시절의 즐거운 젊
은 날들 때문에 고통 받는 거니까요.

노라 (왼쪽의 테이블 옆에 서서) 부친께서는 아스파라
거스와 거위 간으로 만든 파이를 너무 좋아하
셨던 거죠, 그렇죠?

랑크 네, 그리고 송로 버섯이요.

노라 그래요, 송로 버섯이었어요. 그리고 굴이었던
것 같은데.

랑크 그래요, 굴, 굴. 그건 말할 것도 없고요.

노라 그리고 포트와인과 샴페인도 정말 많이 드셨
다 했죠. 그 맛좋은 모든 것들이 척추에 그렇게
영향을 줬다는 게 너무 서글프네요.

랑크	심지어 그런 것들을 전혀 즐기지 않는, 운도 지지리 없는 척추를 딱 골라서 영향을 줬죠.
노라	그래요, 그게 무엇보다도 제일 서글프네요.
랑크	(살피듯 노라를 쳐다보며) 흠….
노라	(잠시 가만히 있다가) 왜 웃으셨죠?
랑크	아닌데요, 웃은 건 부인이신데요.
노라	아니에요, 박사님이 웃으셨잖아요!
랑크	(일어서며) 부인은 제가 생각했던 것보다 훨씬 장난꾸러기시네요.
노라	오늘은 장난을 치려고 제가 작정을 했어요.
랑크	그래 보이네요.
노라	(두 손을 그의 어깨에 올리고) 랑크 박사님, 저와 토르발을 두고 돌아가시면 안 돼요.
랑크	아, 두 분은 저를 잃어도 금방 괜찮아지실 겁니다. 떠난 사람은 금세 잊히기 마련이니까요.
노라	(걱정스럽게 그를 본다) 그렇게 생각하세요?
랑크	새로운 사람을 사귀게 되고, 그러면….
노라	누가 새로운 사람을 사귀어요?
랑크	제가 떠난 뒤엔 부인과 헬메르 모두 그렇게 되

겠죠. 부인께는 이미 좋은 인연이 시작된 것 같던데. 어제 저녁에 린데 부인이란 분은 무슨 일로 여기 왔던 거죠?

노라   아, 설마 가엾은 크리스티네를 질투하시는 건 아니겠죠?

랑크   질투하는 거 맞습니다. 그분이 이 집에서 제 자리를 차지하게 될 테니까요. 제가 완전히 떠나고 나면 아마도 그 여자 분이….

노라   쉿, 너무 크게 말하지 마세요, 크리스티네는 지금 우리 집에 있어요.

랑크   오늘도요? 그것 보세요.

노라   제 의상을 수선해 주느라 온 것뿐이에요. 세상에, 박사님 오늘 좀 이상하시네요. (소파에 앉는다) 그러지 마시고요, 내일이면 제가 얼마나 예쁘게 춤을 추는지 볼 수 있으실 테고, 그러면 그때 제가 박사님을 위해 춤을 추고 있다고 상상하세요. 뭐, 물론 토르발을 위한 춤이지만. 그거야 뭐 말할 필요도 없긴 하지만요. (상자에서 다양한 물건들을 꺼낸다) 랑크 박사님, 여기 앉아 보세요, 보여 드릴 게 있어요.

랑크   (앉는다) 그게 뭐죠?

노라   이걸 좀 보세요!

랑크   비단 스타킹이네요.

노라   살색이에요. 정말 아름답지 않나요? 여기서 보면 색이 짙어 보이지만, 내일은…. 아니, 아니, 아니에요. 박사님은 발만 보셔야 해요. 아, 아니에요, 뭐 어때요. 물론 박사님도 발 위쪽도 보셔도 돼요.

랑크   흠….

노라   왜 그렇게 비판하는 듯한 눈으로 보세요? 저한테 잘 안 맞을 거라 생각하시는 건가요?

랑크   그 문제에 관해선 제가 정보가 없어서 정확한 의견을 가질 수 없다고 생각하는데요.

노라   (잠시 그를 쳐다본다) 어머 부끄러운 줄 아세요! (스타킹으로 그의 귀를 가볍게 친다) 박사님은 맞아도 싸요. (스타킹을 도로 상자에 넣는다)

랑크   저한테 보여 주실 눈부시게 아름다운 것들이 더 있나요?

노라   이젠 아무것도 안 보여 드릴 거예요, 너무 짓궂으셔서 안 되겠어요. (흥얼거리며, 물건들 사이로 무언가를 찾는다)

랑크   (잠시 침묵이 흐른 뒤) 이렇게 친밀하게 부인과 함께 앉아 있노라면, 그러면 상상이 안 돼요. 생각조차 할 수 없어요. 다시는 이 집에 오지 못하게 되면 내가 어떻게 돼 버릴지.

노라   (미소를 지으며) 네, 저도 박사님이 우리와 여기서 보내는 시간을 정말 좋아하신다는 걸 믿어 의심치 않아요.

랑크   (더 조용해져서, 눈앞을 정면으로 쳐다보며) 그렇게 지내다가 그 모든 걸 두고 떠나야 하게 되면….

노라   말도 안 되는 소리 마세요. 박사님이 떠나긴 왜 떠나세요.

랑크   (아까와 똑같이) 변변찮은 감사함의 표시도 남기지 못한 채, 잠시잠깐의 상실감마저도 거의 남기지 못한 채…, 그저 금방 다른 사람으로 대체될 수 있는 빈공간만 남긴 채 가야한다면.

113

노라	그럼 제가 만약 부탁을 하나 한다면요? 아니에요….
랑크	무슨 부탁이죠?
노라	박사님의 커다란 우정의 증거요.
랑크	네, 네?
노라	아니, 그보다는 엄청나게 큰 부탁을 드릴까 해서요.
랑크	그러신다면 단 한 번만이라도 저는 행복할 것 같습니다.
노라	하지만 그 부탁이 뭔지도 모르시잖아요.
랑크	그럼, 어서 말해 봐요.
노라	아니에요, 못 하겠어요. 랑크 박사님, 이건 정말 말도 안 되게 큰 부탁이에요. 충고와 도움과 호의를 모두 부탁해야 하는 일이라서요.
랑크	더 많이 해 드릴 수 있을수록 더 좋습니다. 무슨 말을 하려는 건지 정말 모르겠네요. 말해 보세요. 저를 믿지 못하시는 건가요?
노라	아니, 믿어요. 그 누구보다 더. 박사님은 제가 가장 신뢰하는 최고의 벗이세요. 그리고 그래

서 이런 얘기도 하려고 했던 거고. 랑크 박사님, 제가 어떤 일이 벌어지지 않도록 막아야 하는데 그걸 좀 도와주셨으면 해요. 박사님은 토르발이 저를 얼마나 깊이, 이루 형언할 수 없이 사랑한다는 것, 알고 계시죠? 저를 위해서라면 아무 망설임 없이 자기 목숨도 내놓을 남자예요.

랑크   (노라 쪽으로 몸을 기울이며) 노라, 그런 남자가 토르발뿐이라고 생각하나요?

노라   (약간 놀라며) 그런 남자라뇨?

랑크   당신을 위해 기꺼이 목숨을 내놓을 남자요.

노라   (무겁게) 그만하세요.

랑크   내가 죽기 전에 당신이 이 사실을 알아야 한다고 다짐했어요. 그리고 지금보다 더 좋은 기회는 없을 것 같아요. 그래요, 노라. 이젠 당신이 알게 됐네요. 그리고 이젠 내게 아무것도 못할 말이 없답니다.

노라   (일어선다, 천천히 그리고 차분히) 잠깐 실례하겠어요.

115

랑크	(노라가 지나갈 공간을 마련해 주지만 여전히 앉은 채로) 노라….
노라	(복도 쪽 문가에 서서) 헬레네, 램프를 들여와요. (난로 옆으로 걸어간다) 랑크 박사님, 그런 끔찍한 말을 하시다니.
랑크	(일어서며) 그 누구보다도 당신을 사랑한다는 것? 그게 끔찍하다는 겁니까?
노라	아니요, 하지만 그 사실을 굳이 저에게 얘기하신 거요. 정말 그럴 필요는 없으니까요.
랑크	그게 무슨 말인가요? 그렇다면 그 사실을 알고 있었다는….

하녀가 램프를 들고 들어와 탁자에 올려놓고 다시 나간다.

| 랑크 | 노라…. 헬메르 부인…. 한 가지만 물어볼게요. 알고 있었나요? |
| 노라 | 제가 무엇을 알았는지 몰랐는지 제가 어떻게 알겠어요? 말할 수 없어요, 정말. 하지만 랑크 |

박사님, 어떻게 그렇게 서투르실 수 있나요! 조
금 전까지만 해도 모든 게 정말 다 괜찮았는데.

랑크 적어도 지금은 내가, 나의 영혼과 육신이 당신
의 것이라는 걸 확신할 수 있지 않나요? 그러니
말하고 싶은 것이 있다면….

노라 (그를 바라본다) 박사님의 고백을 듣고 나서요?

랑크 이렇게 빌게요, 무슨 일인지 얘기해 보세요.

노라 이제는 박사님께 아무 말도 할 수 없게 됐어요.

랑크 제발요. 내게 이런 벌을 주지 말아요. 그게 무
엇이든, 당신을 위해 내가 할 수 있는 걸 하게
해 줘요.

노라 이젠 저를 위해 아무것도 해 줄 수 없으세요.
어짜피 저는 도움 같은 건 필요하지 않았는지
도 몰라요. 곧 아시게 될 거예요, 이 모든 것들
이 저의 상상이 만들어 낸 허상일 뿐이라는 걸.
정말로 그래요! 물론이에요. (흔들의자에 앉아
그를 바라보며 미소 짓는다) 박사님은 점잖은 신
사시잖아요. 램프를 켜니 이제 좀 부끄러워지
지 않으시나요?

랑크	아니, 별로요. 하지만 이제 제가 떠나야겠죠. 영원히 말이에요.
노라	아뇨, 절대로 그러시면 안 돼요. 당연히 예전처럼 이 집에 드나드셔야 해요. 토르발은 박사님 없이 살 수 없다는 걸 잘 아시잖아요.
랑크	그렇죠, 하지만 당신은 어떤가요?
노라	저도 박사님이 오시면 언제나 몹시 즐거웠답니다.
랑크	네, 바로 그래서 제가 착각을 하게 됐죠. 당신은 저에게 수수께끼입니다. 나는 당신이 헬메르만큼이나 나와 함께하고 싶어 한다는 느낌을 받곤 했거든요.
노라	그건, 원래 사람에게는 가장 사랑하는 사람이 있고, 그저 함께하면 좋은 사람들이 있는 법이니까요.
랑크	네, 그럴 수도 있겠네요.
노라	결혼하기 전에는 물론 아빠를 가장 사랑했어요. 하지만 즐겁기로는 하녀들의 방으로 몰래 들어가 놀 때가 가장 즐거웠죠. 그들은 나를 절

대 가르치려 들지 않았으니까요. 그리고 하녀
들끼리 있을 때는 정말 재미있는 얘기들을 많
이 했거든요.

랑크　　아, 그러니까 저는 하녀들의 자리를 대체한 것
이었군요.

노라　　(벌떡 일어나 그에게 다가간다) 랑크 박사님, 그
런 뜻은 아니었어요. 하지만 토르발과 함께 있
으면 아빠와 함께 있는 느낌이란 건 이해해 주
실 수 있지 않나요.

　하녀가 복도에서 들어온다.

하녀　　부인!(속삭이며 명함 한 장을 건넨다)

노라　　(명함을 흘낏 본다) 아!(명함을 주머니에 쑤셔 넣는
다)

랑크　　뭐가 잘못됐나요?

노라　　아니, 아니, 전혀 아니에요. 그게, 그게 제 의상
이 온 것뿐이에요.

랑크　　네? 하지만 의상은 아까 저 방에 있다고 하지

않았습니까?

노라   아, 네, 그건 그런데, 이건 또 다른 거예요. 제가
      따로 주문했어요. 하지만 토르발은 알면 안 돼
      요.

랑크   아하, 그럼 이제 우린 커다란 비밀을 공유하는
      사이가 됐네요.

노라   네, 그런 셈이네요, 토르발 방으로 들어가세요.
      안쪽 방에 있어요. 그래서 잠깐 동안 못 나오게
      해 주세요.

랑크   걱정 마십쇼. 토르발은 저를 벗어날 수 없으니
      까요.

랑크 박사가 헬메르의 방으로 들어간다.

노라   (하녀에게) 부엌에서 기다리고 있나요?

하녀   네, 뒤쪽 계단으로 올라왔어요.

노라   지금 손님이 계시다고 말하지 않았나요?

하녀   네, 하지만 소용없었어요.

노라   돌아가려고 하지 않던가요?

하녀	네, 부인과 이야기를 나누기 전까진 돌아가지 않겠다고 했어요.
노라	그럼, 들어오라고 하세요, 하지만 조용히. 헬레네, 아무한테도 말해선 안 돼요. 나중에 남편을 깜짝 놀라게 해 주고 싶으니까.
하녀	네, 네, 알겠습니다. (퇴장한다)
노라	결국 이런 일이 생기다니, 이보다 끔찍한 일은 없을 거야. 결국은 이렇게 되고 말았어. 아냐, 아냐, 아냐. 이럴 수는 없어. 그럴 일은 없을 거야.

헬메르의 방 앞으로 가서 문을 걸어 잠근다. 하녀는 복도 쪽 문을 열고 크로그스타드를 들이고 그가 들어온 뒤 문을 닫는다. 그는 여행용 털 코트를 입고 털모자를 쓰고 부츠를 신고 있다.

노라	(그에게 다가서며) 조용히 말해요. 남편이 집에 있으니까.
크로그스타드	그게 무슨 상관이죠?

노라   대체 나한테 원하는 게 뭐예요?

크로그스타드   대답을 듣고 싶어서 왔습니다.

노라   그럼 어서 빨리 말해요. 무슨 일이에요?

크로그스타드   짐작컨대 제가 해고됐다는 건 알고 있겠죠?

노라   내 힘으로 막을 순 없었어요. 당신을 위해서 할
           수 있는 건 다 해 봤지만 소용없었어요.

크로그스타드   부인의 남편은 당신을 별로 사랑하지 않나
           보군요. 내가 부인한테 무슨 짓을 할 수 있는지
           알면서도, 감히….

노라   왜 그이가 그걸 알고 있을 거라 생각하죠?

크로그스타드   하긴, 나도 그가 알았다고는 생각하지 않았
           어요. 알고 있었다면 나의 옛 친구 토르발 헬메
           르는 그렇게 남자답게 용기 있는 행동을 할 수
           있는 사람이 절대 아니니까요.

노라   크로그스타드 씨, 제 남편에 대한 예의는 지켜
           주세요.

크로그스타드   아, 네, 물론입니다. 하지만 부인께서 이 모
           든 일을 숨기고 싶어 전전긍긍하시는 걸 보니
           아무래도 부인이 무슨 짓을 한 것인지 어제보

다는 제대로 파악하셨다고 생각해도 될까요?

노라　　　당신이 알려 줄 수 있는 것보다는 훨씬 더 잘 알았죠.

크로그스타드　　네, 저야 워낙에 형편없는 변호사니까요.

노라　　　나한테 원하는 게 뭐예요?

크로그스타드　　부인의 상황이 어떤지 보고 싶었던 것뿐입니다, 헬메르 부인. 종일 부인에 대해서 생각해 보았습니다. 대부업자나 삼류 글쟁이 변호사, 그러니까, 저 같은 부류의 사람들도 인정이라는 게 있거든요.

노라　　　그렇다면 좀 보여 주시죠. 우리의 어린 아이들을 좀 생각해 보세요.

크로그스타드　　그러는 부인과 부인의 남편께서는 나의 아이들에 대해서 생각해 보셨습니까? 하지만 이젠 다 상관없습니다. 제가 말씀드리고 싶었던 건 이것 하나뿐입니다. 현재로서는 제 쪽에서 그 어떤 문제도 제기하지 않을 생각입니다.

노라　　　그래요, 그러실 거였죠, 그렇죠. 그럴 줄 알았어요.

크로그스타드   이번 일은 아주 우호적으로 잘 해결될 수 있습니다. 세상에 알려질 필요는 전혀 없죠. 우리 셋이서만 알고 덮으면 됩니다.

노라   남편은 절대로 알아서는 안 돼요.

크로그스타드   어떻게 모르게 하실 건데요? 남은 빚을 전부 갚을 수 있는 건가요?

노라   아니요, 지금 바로는 어려워요.

크로그스타드   아니면 앞으로 며칠 안에 돈을 마련할 방법이 생긴 건가요?

노라   제가 원하는 방법으로는 아직 없어요.

크로그스타드   있다고 해도 이제는 도움이 안 될 겁니다. 지금 부인께서 현금을 한 무더기 갖고 있다고 해도 저한테서 차용증을 돌려받지 못할 겁니다.

노라   그럼 그걸 어디에 쓸 생각인지 얘기해 주세요.

크로그스타드   그냥 갖고 있을 생각입니다. 제가 아주 잘 간직하고 있을 겁니다. 그 누구도 그것에 대해 전혀 눈치도 못 챌 겁니다. 그러니까 만약 절박하게 해결책을 찾고 있다면….

노라　　　그러고 있어요.

크로그스타드　집을 나가 도망칠 궁리를 하고 있다거나….

노라　　　그러고 있다고요!

크로그스타드　아니면 그보다 더한 일을 생각하고 있다
　　　　　면….

노라　　　그걸 어떻게 알죠?

크로그스타드　그렇다면 그러지 마시라는 겁니다.

노라　　　내가 그런 생각을 하고 있다는 걸 어떻게 아시
　　　　　죠?

크로그스타드　대부분의 사람들이 처음에는 그런 생각을
　　　　　합니다. 저도 그랬고요. 하지만 솔직히 저에겐
　　　　　그런 용기가 없었죠.

노라　　　(누그러진 목소리로) 저도 마찬가지예요.

크로그스타드　(안심하며) 그렇죠, 부인도 그럴 용기는 없
　　　　　죠?

노라　　　네, 없어요, 나는 용기가 없어요.

크로그스타드　그리고 그건 아주 어리석은 짓이지요. 집안
　　　　　을 휩쓴 첫 폭풍우가 잠잠해지면 말이죠. 지금
　　　　　제 주머니 안에는 부인의 남편께 드릴 편지가

들어 있습니다.

노라   그리고 그 편지에는 모든 게 적혀 있나요?

크로그스타드   이보다 더 세세할 수 없죠.

노라   (황급히) 그이가 그 편지를 보아서는 안 돼요. 찢어 버리세요. 내가 방법을 찾을 거예요. 내가 돈을 마련할 거예요.

크로그스타드   죄송합니다만, 헬메르 부인, 제가 방금 말씀 드린 것 같은데요.

노라   아, 내가 빚진 돈 얘기가 아니에요. 남편에게 얼 마를 요구하고 싶은지 알려 달라는 거예요. 그 럼 내가 그 돈을 줄게요.

크로그스타드   저는 부인의 남편께 돈은 한 푼도 바라지 않 습니다.

노라   그럼 뭘 원하는 거죠?

크로그스타드   말씀드리죠. 저는 다시 제 두 발로 서고 싶 습니다. 저는 출세하고 싶어요. 그리고 부인의 남편께서 절 도울 겁니다. 지난 1년 반 동안 저 는 정직하지 않은 일은 전혀 하지 않았어요. 그 동안 저는 극도로 궁핍한 환경과 싸워 왔습니다. 그러면서 한 단계씩 위로 올라가는 것에 만족했습니다. 이제 쫓겨나고 보니 다시 나를 받아들여 주는 것만으로는 만족할 수 없을 것 같습니다. 다시 한번 말씀드리는데 저는 출세를 원해요. 은행으로 다시 돌아가는 것은 물론이고 더 높은 자리에 앉길 원합니다. 부인의 남편께서 저를 위한 자리를 마련해 줄 겁니다.

노라　　　그이는 절대 그렇게 안 할 거예요!

크로그스타드　그렇게 할 겁니다. 제가 그 사람을 아는데 절대 한마디도 하지 못할 거예요. 그리고 일단 제가 다시 들어가 그와 함께 일하게 되면 부인도 알게 될 겁니다. 1년 안에 저는 은행장의 오른팔이 돼 있을 거예요. 상업은행을 운영하는 사람은 토르발 헬메르가 아니라 닐스 크로그스타드가 될 겁니다.

노라　　　그렇게는 절대 안 될 거예요.

크로그스타드　혹시 다른 생각을 하고 계신다면,

노라　　　이젠 용기가 생겼어요.

크로그스타드　아무리 그러셔도 겁나지 않습니다. 부인처

럼 이렇게 곱게, 응석받이로 자라난 숙녀 분은,

노라   두고 보세요, 두고 보시라고요!

크로그스타드   얼음물 아래로 뛰어들 생각이라도 하시는
         건가요? 차디찬 칠흑 같은 물속으로? 그러고는
         이듬해 봄에, 도저히 알아볼 수 없게, 머리카락
         은 전부 빠진 끔찍한 모습으로 떠오르는 거죠.

노라   아무리 그래 봐야 겁나지 않아요.

크로그스타드   저 역시 부인이 겁나지 않습니다. 헬메르 부
         인, 사람들은 함부로 그런 짓을 하지 못합니다.
         게다가 그럴 이유가 없잖아요? 제 주머니 안엔
         그게 그대로 들어 있을 텐데요.

노라   그 뒤에도요? 내가 여기 더 이상….

크로그스타드   그러면 부인이 떠나고 난 뒤의 평판은 제 손
         안에 있다는 사실을 잊어버리신 겁니까?

노라   (할 말을 잃고 그를 바라본다)

크로그스타드   그럼, 이제 전 부인에게 경고했습니다. 절대
         바보 같은 짓은 하지 마십쇼. 헬메르가 저의 편
         지를 받는 즉시 답을 받을 수 있을 거라 기대하
         고 있겠습니다. 그리고 저를 이런 길로 내몬 것

은 바로 부인의 남편이란 것을 꼭 기억하십쇼. 절대 그를 용서하지 않을 겁니다. 그럼, 안녕히 계세요, 헬메르 부인. (복도를 통해 밖으로 나간다)

노라　(복도로 이어지는 문을 향해 다가가, 문을 살짝 열고 귀를 기울인다) 그냥 가고 있어. 편지를 놓고 가지는 않았어. 그래, 그래. 그건 절대로 불가능한 일이야. (문을 점점 더 활짝 연다) 무슨 일이지? 밖에 그냥 서 있잖아. 왜 계단을 내려가지 않는 거지? 마음을 바꿨나? 그럼 혹시…?

편지가 우편함에 떨어진다. 그리고 크로그스타드가 계단을 내려가며 그의 발자국 소리가 점점 멀어진다. 노라는 울음이 터지는 것을 억누르며 방을 가로질러 소파 테이블을 향해 달려간다. 짧은 침묵

노라　우편함에 들어 있어. (초조하게 현관문을 향해 가만히 다가간다) 저기 있네. 토르발, 토르발…, 우리는 이제 끝났어요!

린데 부인   (왼쪽 방에서 의상을 들고 들어온다) 이제 더 이
상 손 볼 데는 없는 것 같은데. 이제 입어 볼
까?

노라   (목이 쉰 채, 조용히) 크리스티네, 이리 와 봐.

린데 부인   (드레스를 소파에 던지며) 무슨 일이야! 너 굉장
히 심난해 보여.

노라   이리 와 봐. 저 편지 보여? 저기, 봐봐. 우편함
유리 사이로.

린데 부인   그래, 그래. 보여.

노라   저 편지, 크로그스타드 씨가 두고 간 거야.

린데 부인   노라… 너에게 돈을 빌려준 사람이 크로그스
타드 씨구나!

노라   그래, 그리고 이제 토르발이 다 알아 버리게 생
겼어.

린데 부인   노라, 내 말 믿어. 너희 부부에게 오히려 잘된
거야.

노라   아직 네가 모르는 게 있어. 내가 서명을 위조했
어.

린데 부인   하지만 대체 왜?

노라	크리스티네, 너한테 딱 한 가지만 얘기할게. 네가 나의 증인이 돼 줘야겠어.
린데 부인	증인이라니 그게 무슨 말이야? 내가 뭘 어떻게 해야 하는 거야?
노라	혹시라도 내가 미쳐 버리면, 그리고 지금 같아선 충분히 그럴 수도 있을 것 같아.
린데 부인	노라!
노라	그게 아니더라도 만약 내게 다른 무슨 일이 생긴다면, 그러니까 여기서 나를 다신 찾을 수 없음을 의미하는 어떤 일이 일어나더라도….
린데 부인	노라, 노라, 너 지금 정말 제정신이 아닌 것 같아!
노라	만약 누군가가 모든 걸, 모든 책임을 혼자 뒤집어쓰려고 한다면, 무슨 말인지 알지?
린데 부인	그래, 그래, 하지만 어떻게 그런 생각을 해?
노라	그러면 그게 아니라는 증인이 되어 줘, 크리스티네. 나, 지금 정신 말짱해. 지금 완전히 이성적이야. 그리고 확실히 말해 두는데 이 일은 아무도 몰라. 전부 나 혼자 한 일이야. 그걸 꼭 기

억해야 해.

린데 부인 꼭 그렇게. 그런데 이게 무슨 일인지 정말 하나
도 모르겠다.

노라 하긴, 네가 어떻게 알겠니? 어쨌든 지금부터 정
말 놀라운 일이 일어날 텐데.

린데 부인 놀라운 일?

노라 그래, 놀라운 일. 하지만 크리스티네, 정말 끔찍
한 일이야. 세상 그 어떤 일보다도, 절대로 일어
나서는 안 될 일,

린데 부인 내가 지금 당장 크로그스타드에게 가서 얘기
를 좀 하고 올게.

노라 가지 마. 너한테 해로운 짓을 할 거야!

린데 부인 실은, 나를 위해서라면 그가 기꺼이 무엇이든
할 때가 있었어.

노라 크로그스타드가?

린데 부인 그 사람 어디 사니?

노라 아, 그걸 내가 어떻게 알겠니? 잠깐, (주머니를
더듬으며) 여기 그 사람 명함이 있어. 하지만 편
지는, 편지는 어떡해!

헬메르   (그의 방 안에서 문을 두드린다) 노라!

노라   (겁에 질려 비명을 지르며) 왜 그래요? 무슨 일이 에요?

헬메르   자, 자, 그렇게 놀랄 거 없어. 안 들어간다고. 어 차피 문도 잠갔으면서 뭘 그래. 드레스를 입어 보고 있는 모양이지?

노라   네, 네. 입어 보고 있어요. 토르발, 나는 정말 아 름다울 거예요.

린데 부인   (명함을 읽는다) 정말 가까이에 사네.

노라   그래, 하지만 아무 소용없어. 이젠 틀렸어. 편지 가 우편함에 들어가 있잖아.

린데 부인   열쇠는 남편이 갖고 있고?

노라   응, 언제나.

린데 부인   크로그스타드가 뜯지 않은 편지를 돌려 달라 고 해야 해. 그럴 만한 구실을 찾아내서 그렇게 하면 돼.

노라   하지만 꼭 이맘때쯤 토르발이….

린데 부인   시간을 끌어. 지금 남편한테 가. 나는 최대한 빨리 다녀올게. (방문을 열고 현관으로 향한다)

노라   (헬메르의 방 문 앞으로 가, 문을 살짝 열고 들여다
        보며) 토르발!

헬메르 (안쪽 방에서) 그럼, 드디어 거실에 들어가도 되
        는 건가? 이봐, 랑크, 이제야 우리도 볼 수…. (거
        실 입구에서) 아니 뭐야?

노라   뭐요, 여보?

헬메르 랑크가 엄청난 광경을 볼 준비를 하라고 했는
        데.

랑크   나도 그런 줄 알고 있었는데, 이제 보니 완전히
        착각했나 보군.

노라   그럼요, 내일 내가 완벽한 모습을 갖추기 전까
        지는 그 누구도 내 모습에 미리 감탄할 수 없어
        요.

헬메르 그런데, 노라, 당신 너무 지쳐 보이는군. 연습을
        너무 열심히 한 거 아닌가.

노라   아니에요. 아직 연습은 전혀 못 했어요.

헬메르 그런데, 연습은 필수이지 않나?

노라   네, 토르발. 꼭 해야죠. 하지만 당신 도움 없이
        는 아무것도 할 수 없어요. 완전히 다 잊어버린

걸요.

헬메르　금방 다시 기억을 되살리면 돼.

노라　네, 토르발. 제 손을 잡아 줘요. 나를 맡아서 가
르쳐 줘요. 약속해 줄래요? 너무 떨려요. 그렇
게 많은 사람들 앞에서…. 당신은 오늘 저녁에
는 저한테 완전히 헌신해야 해요. 잠깐이라도
일을 해선 안 되고, 펜을 손에 쥐어서도 안 돼
요. 네? 그렇게 해 줄 거죠?

헬메르　약속하지. 오늘 저녁은 전적으로, 완전히 당신
만을 위해 시간을 보내겠다고. 당신은 정말 못
말리겠어. 흠, 하지만 그전에 먼저 할 일이 딱
하나 있어. (현관 쪽으로 난 문을 향해 간다)

노라　밖에 뭐가 있어요?

헬메르　편지 온 게 있나 확인 좀 하려고.

노라　안 돼요, 안 돼요. 하지 말아요, 토르발!

헬메르　왜 또 그래?

노라　토르발, 제발요. 편지는 한 통도 오지 않았어요.

헬메르　보기만 하고 올게. (가고 싶어 한다)

노라는 피아노 앞에 앉아 타란텔라의 도입부 몇 마디를 연주한다.

헬메르　　(문 앞에서 멈춘다) 아하!

노라　　　당신과 함께 연습하지 않으면 나는 내일 춤을 출 수 없을 거예요.

헬메르　　(그녀에게 다가간다) 노라, 여보, 그렇게 걱정이 되나?

노라　　　네, 너무나 불안해요. 지금 당장 연습해요. 저녁 먹기 전에 아직 시간이 있어요. 사랑하는 토르발, 여기 앉아 날 위해 연주를 해 줘요. 당신이 언제나 그러듯 제대로 추는지 지켜봐 주고, 가르쳐 줘요.

헬메르　　그건 나의 기쁨이지. 나의 최고의 기쁨이야. 이렇게 당신이 원하니까. (피아노 앞에 앉는다)

노라　　　(상자에서 탬버린과 다양한 색상의 숄을 집어 들고, 숄을 급히 몸에 두른다. 그리고 방 한가운데로 뛰어가 잠시 서 있다가 외친다) 이제 피아노를 쳐 줘요! 춤추고 싶어요!

헬메르가 피아노를 연주하고 노라는 춤춘다. 랑크 박사는 헬메르 뒤 피아노 옆에 서서 지켜본다.

헬메르	(연주하며) 조금 더 천천히, 천천히….
노라	다르게는 잘 못 하겠어요.
헬메르	노라, 그렇게 거칠게 하지 말고!
노라	이렇게 하는 게 맞아요.
헬메르	(멈춘다) 아니야, 아니야, 이렇게 하면 안 돼.
노라	(웃으며 탬버린을 흔든다) 내가 뭐라 했어요, 혼자는 못 한다고 했잖아요.
랑크	피아노는 내가 치도록 하지.
헬메르	(일어선다) 그래 주게, 그럼 내가 더 잘 가르쳐 줄 수 있지.

랑크는 피아노 앞에 앉아 연주를 한다. 노라는 점점 더 격정적으로 춤을 춘다. 헬메르는 난로 옆에 자리를 잡고 노라가 춤을 추는 내내 고쳐야 할 것들을 계속 지적한다. 노라는 듣지 않는 것처럼 보인다. 그녀의 머리카락이 어깨

위로 흘러내리지만 알아차리지도 못 하고, 계속 춤을 출 뿐이다. 린데 부인이 들어온다.

린데 부인 (문가에 선 채 놀라서 아무 말도 못 한다) 아…!

노라 (춤추며) 크리스티네, 이게 얼마나 재미있는지 봐!

헬메르 하지만 사랑하는 나의 노라, 당신은 마치 여기에 목숨이 달린 것처럼 춤을 추고 있잖아.

노라 정말로 그런가 보죠.

헬메르 랑크, 멈추게. 이건 정말 미친 짓이야. 멈추라고.

랑크가 연주를 멈추고 노라는 갑자기 우뚝 멈춰 선다.

헬메르 (노라에게 다가간다) 정말 이러리라고는 생각도 못 했어. 당신 정말 내가 가르쳐 준 것들을 전부 다 잊어버렸군.

노라 (탬버린을 던져 버린다) 자요, 직접 보니 알겠죠?

헬메르 이 사람, 정말로 다 다시 가르쳐 줘야겠군.

노라	네, 연습이 얼마나 필요한지 이제 알겠죠? 내가 제대로 할 수 있도록 끝까지 잘 가르쳐 주겠다고 약속해 줘요, 토르발.
헬메르	한번 해 봅시다.
노라	당신은 아무것도 생각하면 안 돼요. 오늘도 내일도 나 이외에는 아무 생각도 말아요. 어떤 편지도 뜯어보아서는 안 되고, 우편함도 열면 안 돼요.
헬메르	아하, 아직도 그 남자 때문에 두려워하고 있는 거군.
노라	네, 네, 그것도 걱정되긴 해요.
헬메르	노라, 당신 얼굴에 다 쓰여 있어. 그 인간으로부터 온 편지가 벌써 도착해 있다고.
노라	나는 몰라요. 그럴지도 모르죠. 하지만 지금은 그 어떤 것도 읽어서는 안 돼요. 모든 것이 다 끝나기 전에는 나쁜 건 그 어떤 것도 우리 사이에 끼어들어선 안 돼요.
랑크	(헬메르에게 조용히) 지금 부인께 맞서지 않는 게 좋겠네.

헬메르	(두 팔로 노라를 감싼다) 어린아이가 원하는 대로 해 주는 수밖에. 하지만 내일 밤, 당신이 공연을 마치고 나면….
노라	그때부터 당신은 자유예요.
하녀	(오른쪽 문가에 서서) 부인, 저녁 식사 준비가 다 됐습니다.
노라	헬레네, 샴페인도 준비해 줘요.
하녀	잘 알겠습니다, 부인. (퇴장한다)
헬메르	성대한 잔치라도 벌일 생각인가, 응?
노라	새벽까지 샴페인 파티를 할 거예요. (큰 소리로 외친다) 헬레네, 마카롱도 몇 개 준비해 줘. 아니, 여러 개… 한 번쯤은 그래도 괜찮아.
헬메르	(노라의 손을 잡으며) 자, 자, 자, 이렇게 거친 날갯짓은 하지 않는 게 좋아. 이제는 평소 같은 나의 작은 종달새로 돌아오라고.
노라	네, 물론 그럴 거예요. 하지만 일단은 먼저 가 있어요. 랑크 박사님도요. 크리스티네, 너는 내 머리 올리는 것 좀 도와줄래?
랑크	(걸어가며, 조용히) 무슨 일이 있는 건, 아니겠지?

헬메르	아, 전혀. 내가 자네한테 늘 얘기하던 어린 애 같은 불안일 뿐이야. (두 사람은 함께 오른쪽으로 들어간다)
노라	그래 어떻게 됐어?!
린데 부인	지방에 내려갔더라.
노라	네 얼굴 보고 그런 줄 알았어.
린데 부인	내일 저녁에 돌아온대. 그래서 메모를 남겨두고 왔어.
노라	뭐 하러 그랬어. 어차피 아무것도 막지 못할 거야. 이 모든 일이 다 지나고 나면 큰 기쁨이 찾아올 거야. 기적 같은 일이 일어나길 기다려야지.
린데 부인	어떤 일이 일어나길 기다리는 거야?
노라	너는 이해 못 할 거야. 두 사람이 기다리는 곳으로 가. 나도 금방 갈게.

린데 부인이 식당으로 들어간다. 노라는 정신을 가다듬기 위해 잠깐 서 있다가 손목시계를 들여다본다

노라	다섯 시네. 자정까지 일곱 시간 남았어. 내일 밤까지는 스물 네 시간. 그러면 타란텔라 춤은

141

끝나 있을 거야. 스물네 시간에 일곱 시간을 더 하면? 내가 살 수 있는 시간은 서른한 시간 남았네.

헬메르 (오른쪽 문가에 서서)그런데 나의 작은 종달새는 어디에 간 거지?

노라 (두 팔을 벌려 그에게 다가가며) 당신의 종달새는 여기 있어요!

제3막

같은 방. 소파의 탁자와 그 옆의 의자들이 방 한가운데로 옮겨져 있고, 탁자 위 램프의 불이 타오르고 있다. 현관 쪽으로 난 문이 열려 있다. 위층에서 춤곡이 들려온다.

린데 부인은 탁자 앞에 앉아 산만하게 책의 책장을 넘기고 있다. 책을 읽으려고 하지만 전혀 집중을 하지 못하는 모습이다. 현관문이 있는 쪽으로 두어 번 초조하게 귀를 기울인다.

린데 부인 (손목시계를 들여다보며) 왜 아직도 안 오지? 이제 진짜 시간이 없는데. 설마… (다시 귀를 기울인다) 아, 왔나 보다. (현관 쪽으로 나가 조심스럽게 문을 연다. 계단에서 조용한 발소리가 들려오고, 그녀가 속삭인다) 들어오세요. 아무도 없어요.

크로그스타드 (문가에서) 린데 부인, 집에서 부인이 남긴 메모를 봤어요. 이게 다 무슨 일인가요?

린데 부인 당신과 할 얘기가 있어요.

크로그스타드 아? 그리고 그 얘기를 꼭 이 집에서 해야 하는 건가요?

린데 부인   우리 집에서는 할 수 없었어요. 내가 묶는 방은 출입문이 따로 없어요. 들어오세요. 여긴 우리밖에 없어요. 하녀는 잠들었고, 헬메르 부부는 위층에서 열린 무도회에 갔어요.

크로그스타드   (거실에 들어서며) 그렇단 말이죠. 그러니까 헬메르 부부가 오늘 밤에 춤을 추고 있단 말인가요? 정말로?

린데 부인   네, 왜, 안 되나요?

크로그스타드   아닙니다. 그럴 리가요.

린데 부인   우리, 얘기 좀 해요.

크로그스타드   우리 사이에 아직 남은 얘기가 있었나요?

린데 부인   할 얘기가 정말 많아요.

크로그스타드   나는 그렇지 않다고 생각했는데요.

린데 부인   그랬겠죠. 당신은 한 번도 나를 제대로 이해하지 못했으니까.

크로그스타드   자기에게 더 이익이 되는 사람이 나타나자마자 냉혹한 한 여자가 한 남자에게 이별을 통고했다는, 세상에 흔해 빠진, 그 진부한 얘기 외에 더 이해하고 말고 할 게 있나요?

린데 부인   당신은 정말로 내가 지극히 냉혹하다고 생각하나요? 그렇게 헤어지는 내 마음은 좋았을 것 같아요?

크로그스타드   아니었나요?

린데 부인   아, 크로그스타드, 정말로 그렇게 생각했어요?

크로그스타드   그런 마음이 아니었다면 그때는 왜 나에게 그런 편지를 썼나요?

린데 부인   달리 방법이 없었어요. 당신과 헤어져야만 했다면 나에게 남은 당신의 감정까지 모두 지워주는 것이 도리니까요.

크로그스타드   (주먹을 꽉 움켜쥐며) 그런 거였군. 그리고 그 모든 게 다 돈 때문이었고!

린데 부인   내겐 의지할 데 없는 어머니와 어린 두 동생이 있었다는 걸 잊으면 안 돼요. 우린 당신을 기다려 줄 수 없었어요, 크로그스타드. 당신의 앞날은 너무나 불투명했어요.

크로그스타드   그럴 수도 있었겠지. 하지만 그렇다고 어떻게 다른 남자 때문에 나를 버릴 수가 있지?

린데 부인 잘 모르겠어요. 나도 종종 내게 그럴 자격이 있었나 스스로에게 묻곤 했어요.

크로그스타드 (목소리를 더 낮춰서) 당신을 잃었을 때, 내 두 발로 딛고 있던 단단한 바닥이 무너져 내리는 것 같았어. 지금 내 꼴을 봐. 나는 부서진 배 위에 난파된 사람이야.

린데 부인 곧 누군가가 구조해 줄 거예요.

크로그스타드 거의 그럴 뻔했는데, 당신이 나타나서 그 길을 막아 버렸지.

린데 부인 크로그스타드, 난 아무것도 몰랐어요. 내가 들어간 은행의 자리가 당신 자리였다는 사실은 오늘에서야 알게 됐어요.

크로그스타드 당신 말을 믿어 주지. 그럼 이젠 알았으니 그 자리에서 물러나 주겠소?

린데 부인 아니요, 왜냐하면 그래 봐야 당신에겐 전혀 도움이 안 될 테니까요.

크로그스타드 도움 같은 소리…. 어쨌든 난 내 자리를 찾아야겠어.

린데 부인 나는 현명하게 행동하는 법을 배웠어요. 삶이,

그리고 혹독한 가난이 내게 그걸 가르쳐 줬죠.

크로그스타드 그리고 삶은 내게 듣기 좋은 소리는 믿지 말라고 가르쳤지.

린데 부인 그렇다면 삶이 당신에게 아주 좋은 가르침을 줬네요. 하지만 행동은, 행동은 믿을 수 있겠죠?

크로그스타드 그게 무슨 뜻이지?

린데 부인 당신은 다 부서진 배 위에 난파된 사람이라고 아까 얘기했죠.

크로그스타드 충분히 그렇게 얘기할 만하다고 생각하는데.

린데 부인 나 역시 부서진 배 위에 난파된 채 앉아 있는 여자예요. 이제는 더 이상 애도해야 할 사람도, 부양해야 할 사람도 없어요.

크로그스타드 그건 당신의 선택이었지.

린데 부인 그때는 다른 선택은 할 수 없었어요.

크로그스타드 그랬겠지. 그래서 무슨 말을 하고 싶은 건가?

린데 부인 크로그스타드, 난파된 우리 둘이 서로에게 다가가면 어떨까요?

크로그스타드　무슨 얘기를 하고 싶은 거지?

린데 부인　난파선 한 척에 두 사람이, 어쨌든, 서로를 위하기만 한다면 혼자보단 더 낫지 않을까요?

크로그스타드　크리스티네!

린데 부인　아니면 내가 왜 여기까지 찾아왔을 거라 생각해요?

크로그스타드　정말로 내 생각을 했던 거야?

린데 부인　이 삶을 견뎌 내려면 나는 일을 해야만 해요. 아침에 눈을 뜨는 날이면, 내가 기억하는 한은, 매일 나가 일했어요. 그리고 그것이 나의 가장 크고도 유일한 기쁨이었어요. 하지만 이제 나는 세상에 완전히 혼자 남겨졌어요. 지독히 공허하고 또 버려진 느낌이에요. 자기만을 위해 일하는 데에는 아무 기쁨도 없어요. 크로그스타드, 내가 누군가를 위해, 무언가를 위해 일할 수 있게 해 줘요.

크로그스타드　믿을 수 없어. 이건 그저 한 여자가 지나치게 흥분한 나머지 감정에 휩쓸려 고매한 척 자기를 희생하려는 것뿐이야.

린데 부인   내가 한 번이라도 지나치게 흥분한 것, 본 적 있나요?

크로그스타드   정말로 그렇게 할 수 있겠어? 말해 봐요. 나의 과거에 대해서는 제대로 알고 있는 건가?

린데 부인   알고 있어요.

크로그스타드   그리고 여기에서 내 평판이 어떤지도 알고 있겠지?

린데 부인   방금 전에 당신은 나와 함께였다면 다른 사람이 될 수도 있었다고 생각하는 것 같던데요.

크로그스타드   그것만큼은 그렇다고 분명히 말할 수 있어.

린데 부인   다시 그렇게 될 순 없는 걸까요?

크로그스타드   크리스티네, 당신 정말 진지하게 얘기하고 있는 것 같군! 그래, 정말 그러네. 당신 얼굴을 보니 알 수 있어. 정말 그럴 용기가 있는 건가?

린데 부인   나는 누군가의 엄마가 되어 주고 싶고, 당신의 아이들은 엄마를 필요로 해요. 우리 둘은 서로를 필요로 해요. 크로그스타드, 나는 당신을, 당신의 근본을 신뢰해요. 당신과 함께라면 아무것도 겁날 게 없어요.

크로그스타드   (그녀의 두 손을 옴켜잡으며) 고마워, 고마워, 크리스티네. 그리고 이제 나도 다른 사람들 눈에 더 나은 사람이 될 방법을 찾아볼게. 아, 하지만 잊은 게 있어.

린데 부인   (귀를 기울이며) 쉿! 타란텔라예요! 어서 가세요, 어서요!

크로그스타드   왜 그러지? 무슨 일이야?

린데 부인   위층에서 무곡이 들리죠? 저 곡이 끝나면 그들이 내려올 거예요.

크로그스타드   아, 그렇다면 가야겠군. 어차피 다 소용없는 일이야. 당신은 물론, 내가 헬메르 부부에게 무슨 짓을 하려 했는지 모를 테지만.

린데 부인   크로그스타드, 난 다 알고 있어요.

크로그스타드   그런데도 나와 함께할 용기가 있다는 거요?

린데 부인   당신 같은 남자가 얼마나 절박했으면 그렇게까지 했을지 난 이해해요.

크로그스타드   아, 내가 한 일을 되돌릴 수 있다면!

린데 부인   그럴 수 있어요. 당신이 보낸 편지는 아직 우편함에 그대로 있어요.

크로그스타드 확실해?

린데 부인 확실해요, 하지만….

크로그스타드 (그녀를 살피듯 쳐다본다) 그러면 이 모든 게 그것 때문이었나? 당신은 무슨 짓을 해서라도 친구를 구하고 싶은 거로군. 그냥 솔직히 말해 줘. 그런 거였나?

린데 부인 크로그스타드, 한 번 다른 사람을 위해 자기 자신을 팔아 본 사람은 다시는 그렇게 하지 않아요.

크로그스타드 내 편지를 돌려 달라고 해야겠어.

린데 부인 아니에요, 아니에요.

크로그스타드 헬메르가 내려올 때까지 기다렸다가 편지를 돌려 달라고 말해야겠어. 내가 해고당한 것에 대한 얘기일 뿐이라고, 그가 읽을 편지가 아니라고.

린데 부인 아니에요, 크로그스타드, 편지를 돌려 달라고 하지 말아요.

크로그스타드 하지만 그 편지 때문에 나를 만났던 것 아닌가?

린데 부인   네, 처음엔 겁이 나서 그렇게 하려고 했어요. 그 렇지만 이제 오늘 하루가 다 지나갔고, 그 사이 에 이 집에서 목격한 일들은 정말 믿기 힘들었 어요. 헬메르는 모든 것을 알아야만 해요. 이 집을 망치는 이 비밀은 밝혀져야만 해요. 두 사 람은 서로 완전히 솔직해져야 해요. 이렇게 계 속 사실을 은폐하고 변명하며 살아가는 건 불 가능해요.

크로그스타드   당신이 원하는 것이 그렇다면야…. 하지만 적어도 그게 내가 할 수 있는 유일한 일이고, 당장 할 수 있지.

린데 부인   (소리를 들으며) 서둘러요! 어서, 가요! 춤이 끝났 어요. 조금만 더 지체하면 위험해져요.

크로그스타드   아래층에서 당신을 기다리겠소.

린데 부인   네, 그러세요. 저를 집에 데려다줘야죠.

크로그스타드   한 번도 이렇게 행복했던 적은 없는 것 같 아.

    그는 현관을 통해 나가고, 현관과 거실 사이의 문은 열려 있다.

린데 부인 (집 안을 대충 정리하고 외투를 집어 든다) 상황이 이렇게 뒤집혀 버리다니! 그래, 완전히 바뀌어 버렸어! 이제 내가 일할 이유, 살아갈 이유인 사람들이 생겼어. 아늑하고 편안한 가정을 꾸릴 거야. 맞다, 해야 할 일이 있어. 위층에서 빨리 내려왔으면 좋겠는데. (엿듣는다) 아, 이제 오네. 코트를 입어야지. (모자를 쓰고 외투를 입는다)

바깥에서 헬메르와 노라의 목소리가 들려온다. 열쇠가 돌아가고, 헬메르는 노라를 끌고 들어오다시피 데리고 들어온다. 노라는 이탈리아 의상을 입고 검은색 숄을 어깨에 두르고 있다. 헬메르는 연회복을 입고 그 위에 검은색 망토를 둘렀다.

노라 (여전히 문가에 서서 헬메르에게 저항하고 있다) 싫어, 싫어, 싫단 말이에요. 아직 들어가고 싶지 않아요! 다시 위층으로 올라가고 싶어요. 이렇게 빨리 집에 오고 싶지 않다고요.

헬메르   하지만, 사랑하는 노라….

노라   이렇게 부탁하고, 이렇게 애원하잖아요, 토르발. 이렇게 간절하게 부탁하잖아요. 딱 한 시간만 더요.

헬메르   단 1분도 더는 안 돼, 노라. 우리 약속했잖아. 어서, 이제 거실로 들어와. 거기 서 있다간 감기에 걸린다고. (들어오지 않으려는 노라를 달래 가며 데리고 들어온다)

린데 부인   안녕하세요.

노라   크리스티네!

헬메르   아, 린데 부인, 이렇게 늦게 웬일이시죠?

린데 부인   네, 정말 죄송해요, 하지만 예쁘게 치장한 노라를 꼭 보고 싶어서요.

노라   여기 앉아서 내내 나를 기다렸던 거야?

린데 부인   그래, 제 시간에 도착하지 못했어. 왔더니 너는 이미 올라가고 없더라고. 그래서 너를 보기 전엔 돌아가지 않겠다고 생각했지.

헬메르   (노라의 숄을 벗기며) 그렇다면, 잘 보십쇼. 정말 볼 만한 가치가 있는 여자입니다. 정말 아름답지 않습니까, 린데 부인?

린데 부인   네, 정말….

헬메르   눈에 띄게 아름답지 않습니까? 파티에서도 모두들 그렇게 생각했습니다. 하지만 이렇게 작고 어여쁜 사람이 고집은 또 얼마나 센지! 하지만 어쩌겠습니까? 제가 거의 완력을 써서 이 여자를 데리고 와야 했다면 믿으시겠습니까?

노라   오, 토르발. 당신도 나를 파티에 더 머물지 못하게 한 걸 후회하게 될 거예요. 딱 30분만이라도.

헬메르   린데 부인, 들으셨죠? 노라는 타란텔라를 췄고, 반응이 정말 폭발적이었어요. 충분히 그럴 만했죠. 하지만 그 공연에는 어딘가 약간 자연스럽지 않은 무언가가 있었어요. 그러니까 엄격히 말하자면 예술적으로 적절한 선을 좀 넘어섰다고 해야 할까요. 하지만 상관없어요! 중요한 것은 성공적이었다는 겁니다. 엄청난 성공이었어요. 노라를 그 뒤에 파티에 머물게 해야 했을까요? 그 영향력을 반감시키라고요? 그건 사양합니다. 나는 나의 작고 사랑스러운 카프리 소녀, 변덕스러운 작은 카프리 소녀의 팔짱을 끼고 그곳을 바삐 한 바퀴 돌았어요. 사방에서 인사가 쏟아졌죠. 그리고 낭만적인 소설에서처럼 아름다운 환영은 곧 사라져 버리는 거죠. 피날레는 언제나 강렬해야 하는 겁니다, 린데 부인. 그렇지만 그걸 노라에게 이해시키는 건 정말 불가능했답니다. 휴, 좀 덥네요. (망토를 의자에 던져 놓고 그의 방문을 연다) 뭐지? 여긴 깜깜하네. 아 그래, 그렇지, 그럼 이만 실례하겠습니다. (그는 방으로 들어가 양초 몇 개에 불을 붙인다)

노라　　　　(숨을 헐떡이며 급하게 속삭인다) 어떻게 됐어?

린데 부인　(가만히) 그와 얘기를 나눴어.

노라　　　　그래서?

린데 부인　노라, 남편에게 모든 걸 말해.

노라　　　　(생기 없는 목소리로) 그럴 줄 알았어.

린데 부인　크로그스타드에 관한한은 이제 걱정할 게 아

무엇도 없어. 하지만 남편과 얘기를 해야 해.

노라　　　나는 아무 말도 안 할 거야.

린데 부인　그러면 편지를 통해 알게 될 거야.

노라　　　정말 고마워, 크리스티네. 하지만 이제 내가 어찌해야 될지 알겠어. 쉿-!

헬메르　　(다시 들어온다) 린데 부인, 제 아내의 모습을 제대로 감상하셨나요?

린데 부인　네, 이제 저는 그만 돌아가야겠네요.

헬메르　　아, 벌써요? 저 뜨개질거리는 부인의 것인가요?

린데 부인　(챙기며) 네, 고맙습니다. 잊고 갈 뻔했네요.

헬메르　　그러니까 뜨개질을 하시는군요.

린데 부인　네.

헬메르　　그러지 마시고 수를 놓지 그러세요?

린데 부인　네? 왜요?

헬메르　　그게, 그러니까 수가 훨씬 더 아름다우니까요. 자, 보세요. 천을 왼쪽 손으로 이렇게 들고 오른손으로는 바늘을 잡고, 이렇게, 우아하게 길게 원을 그리며 바늘을 빼는 겁니다. 정말로 아름답지 않습니까?

린데 부인	네, 정말이네요.
헬메르	하지만 뜨개질은, 그건 정말 매력이 없습니다. 팔도 답답하게 붙이고, 바늘은 위로 올라갔다 내려갔다 단순한 반복만 이어지고, 어딘가 고루한 느낌이 난단 말이죠. 아, 오늘 저녁에 마신 샴페인은 정말 훌륭했어요.
린데 부인	그럼, 저는 이만, 노라 잘 있어. 그리고 이제 고집은 그만 부리고.
헬메르	말씀 한번 잘하셨습니다, 린데 부인!
린데 부인	헬메르 씨, 안녕히 계세요.
헬메르	(문까지 배웅한다) 안녕히 가세요, 안녕히 가세요. 집까지 무사히 잘 갈 수 있으시겠죠? 모셔다드리면 좋겠지만 그리 멀리 가셔야 하는 건 아니시니까, 그렇죠? 안녕히 가세요. (린데 부인이 떠나고 헬메르는 문을 닫고 다시 들어온다) 드디어 집 밖으로 내보냈군. 정말 지독히도 지루한 여자야.
노라	토르발, 피곤하지 않아요?
헬메르	아니, 괜찮은데.

노라	졸리지도 않아요?
헬메르	전혀 안 졸려. 오히려 기운이 넘치는데. 그런데 당신은? 당신은 피곤하고 졸려 보이는군.
노라	네, 정말 피곤해요. 바로 자고 싶어요.
헬메르	거 봐! 거 보라고! 내가 늦게까지 있으면 안 된다고 한 건 정말 옳은 결정이었어.
노라	당신은 절대로 틀리는 법이 없죠.
헬메르	(그녀의 이마에 입을 맞춘다) 이제 나의 종달새가 철이 들었나? 그런데 오늘 저녁에 랑크가 얼마나 기분이 좋아 보이는지 당신도 눈치챘나?
노라	그랬나요? 오늘은 같이 얘기할 기회가 없었어요.
헬메르	나도 마찬가지야. 하지만 정말로 오랜만에 그 친구 기분이 정말 좋아 보이더군. (잠시 노라를 쳐다보다가 가까이 다가온다) 음. 집에 오니 정말로 기분이 좋군. 당신을 나 혼자서만 독차지할 수 있으니. 아, 당신은 넋을 잃을 정도로 아름다운 여자야!
노라	토르발, 나를 그런 눈으로 쳐다보지 마세요!

헬메르	나의 가장 소중한 소유물을 쳐다볼 수도 없단 말인가? 이 찬란하게 아름다운 당신은 내 것이고, 오직 내 것이고, 완전히 전적으로 내 것이라고.
노라	(테이블의 반대편으로 가서 선다) 오늘 밤은 내게 그렇게 얘기하지 말아요.
헬메르	(그녀를 따라간다) 아직도 당신 안에 타란텔라의 피가 흐르고 있군. 그리고 그 점이 당신을 더 매혹적으로 만든단 말이지. 잘 들어 봐! 손님들이 이제 하나둘 떠나기 시작했어. (목소리를 더 낮추며) 노라, 이제 집 안 전체가 조용해질 거야.
노라	네, 그랬으면 해요.
헬메르	당신도 그렇게 생각하지? 당신 그거 아나? 내가 당신과 함께 밖에 나갔을 때 왜 내가 별로 말도 안 하고 거리를 두고, 어쩌다가 한 번씩 몰래 훔쳐만 보는 이유가 뭔지? 내가 왜 그러는지 알아? 나는 당신이 나의 비밀 연인이라고, 나의 어린 비밀 약혼녀라고 상상하기 때문이야. 그래서 아무도 우리 사이에 대해 알지 못한다고

말이지.

노라   아, 그래요, 그래요, 그래요. 당신의 모든 생각
은 나를 향하고 있다는 것, 알고 있어요.

헬메르   그리고, 우리가 떠날 시간이 되어 내가 당신의
젊고 아름다운 어깨에 숄을 둘러줄 때, 기가 막
힌 곡선을 자랑하는 당신의 목에 숄을 둘러줄
때면 나는 당신이 나의 어린 신부라고, 우리는
막 결혼식을 올린 한 쌍이라고, 그래서 나는 당
신을 나의 집으로 처음 데려오는 것이라고, 나
는 처음으로 당신과, 전율하도록 아름다운 나
의 사람과 단둘이 있게 되는 거라고 상상하곤
하지. 오직 당신과 나 단둘이서만! 오늘 저녁 내
내 나는 당신 외에는 그 어떤 것에도 욕망이 생
기지 않았어. 당신이 타란텔라를 추며 움직이
고 나를 애태울 때 나의 피가 끓어올랐어. 더
이상은 참을 수 없었어. 그래서 그렇게 빨리 당
신을 데리고 내려온 거야.

노라   그만해요, 토르발! 나를 그냥 내버려 둬요. 나는
이 모든 걸 원치 않아요.

165

| 헬메르 | 그게 무슨 소리야? 노라, 이제 나랑 장난을 치고 싶은 거야? 원하지 않는다고, 원하지 않는다고? 나는 당신의 남편이잖아. |

누군가 현관문을 두드린다.

노라	(움찔한다) 들었어요?
헬메르	(현관을 향해 간다) 누구세요?
랑크	(바깥에서) 날세. 잠시 들어가도 되겠나?
헬메르	(조용히, 짜증이 나서) 아, 이 시간에 왠일이야? (큰 소리로) 잠시만 기다리게. (현관으로 가서 문을 연다) 우리 집을 지나치고 않고 들러 주니 정말 고맙군.
랑크	자네 목소리가 들리는 것 같아 한 번 들여다보고 가려고 했지. (재빨리 집 안을 둘러본다) 아, 내게는 이 공간이 너무 친숙해. 두 사람은 정말 아늑하고 편안한 가정을 만들어 냈어.
헬메르	아까 보니 자넨 위층에서도 아주 편안해 보이던데.

랑크	그럼. 안 그럴 이유가 뭐가 있겠나. 이 세상이 우리에게 주는 것은 다 누려야지. 적어도 우리가 할 수 있는 만큼은, 그리고 시간이 허락하는 만큼은. 와인이 정말 훌륭하더군.
헬메르	특히 샴페인이 훌륭했어.
랑크	자네도 느꼈군. 내가 그렇게 많이 마실 수 있다니 나도 놀랐어.
노라	토르발도 샴페인을 정말 많이 마셨어요.
랑크	그랬어요?
노라	네, 그러고 나면 언제나 기분이 좋아지죠.
랑크	하루를 잘 보낸 남자는 즐거운 저녁 시간을 누려도 되는 것 아닌가?
헬메르	하루를 잘 보냈다고? 안타깝게도 나는 꼭 그렇다고 말할 순 없는데.
랑크	(헬메르의 어깨를 탁 치며) 하지만 난 그랬다네.
노라	랑크 박사님, 오늘 어떤 검사를 하실 거라 들었던 것 같은데요.
랑크	맞아요.
헬메르	놀랍군, 나의 어여쁜 노라가 의학적 검사에 대

해 다 얘기를 하다니!

노라   그럼 혹시 축하할 만한 결과가 나왔나요?

랑크   네, 축하해 주셔도 됩니다.

노라   그러니까 결과가 좋았다는 거죠?

랑크   의사와 환자 모두에게 이보다 좋은 결과는 나
        올 수 없다고 봅니다.

노라   (랑크의 안색을 살피며 얼른) 확실한 거죠?

랑크   확실합니다. 그러니 제가 즐거운 저녁을 보내
        도 괜찮겠죠?

노라   네, 박사님은 그럴 권리가 있으세요.

헬메르   나도 동의하네. 내일 아침에 힘들지 않을 정도
        로만 즐긴다면 말이야.

랑크   그야, 자네도 알다시피 인생에서 어디 대가 없
        이 얻어지는 것이 있던가?

노라   랑크 박사님, 박사님은 이런 작은 가장 무도회
        를 퍽 좋아하시나 봐요.

랑크   네, 아주 재미있는 변장이 많을 때는요.

노라   다음 번 가장 무도회에서는 우리 둘이 어떤 변
        장을 하면 좋을까요?

헬메르	이런 성급한 아가씨를 봤나. 벌써부터 다음을 생각하고 있다니!
랑크	두 분이요? 아, 내가 말해 드리죠. 행복하고 행운이 가득한 아이의 모습으로 나타나세요.
헬메르	그래, 하지만 그걸 표현할 수 있는 의상을 찾아야 하겠지.
랑크	그냥 자네 부인께서 이 세상을 돌아다니는 평소 모습 그대로 참석하면 될 걸세.
헬메르	정말 딱 맞는 말이군. 하지만 자네는 어떤 모습으로 변장할 건가?
랑크	그거야 이미 확실히 정해 두었지.
헬메르	어떻게?
랑크	다음 가장 무도회에서 나는 투명 인간이 될 걸세.
헬메르	그것 참 독특한 아이디어군.
랑크	커다란 검은색 모자가 있어. 자넨 투명 모자 이야기를 들어 본 적 없나? 그 모자를 쓰면 아무도 나를 볼 수가 없다네.
헬메르	(웃음이 나오는 걸 참으며) 그래, 무슨 말인지 알

겠네.

랑크 그런데 여기 온 이유를 잊어버리고 말았군. 헬메르, 시가 한 대 주겠나? 진한 아바나로.

헬메르 기꺼이 드리지. (그에게 상자를 내민다)

랑크 (시가를 한 대 집어 들고 끝을 잘라 낸다) 고맙네.

노라 (성냥을 켠다) 불을 붙여 드릴게요.

랑크 감사합니다. (노라가 성냥을 대주자 불을 붙인다) 자, 이제 가 봐야겠네요.

헬메르 잘 가게, 친구, 잘 가!

노라 편안히 주무세요, 랑크 박사님.

랑크 고마운 말씀이시네요.

노라 제게도 그렇게 얘기해 주세요.

랑크 부인께요? 그야, 원하신다면…. 편안히 주무세요. 그리고 불 붙여 주신 거 감사합니다. (고개를 끄덕여 두 사람에게 인사하고 나간다)

헬메르 (가라앉은 목소리로) 저 친구 과음했어.

노라 (무심하게) 그런가 봐요.

헬메르는 주머니에서 열쇠 뭉치를 꺼내 들고 현관 쪽으

로 간다.

노라   토르발, 거기서 뭐 하는 거예요?

헬메르 우편함을 비워야지. 꽉 찼어. 내일 아침에 신문
     들어갈 자리도 없겠어.

노라   오늘 밤에도 일해야 하나요?

헬메르 그러지 않을 거란 건 당신도 알잖아. 이게 뭐
     지? 누가 자물쇠를 건드렸어.

노라   자물쇠를요?

헬메르 그래, 확실해. 이게 무슨 일이지? 하녀들이 그
     랬을 리는 없고, 여기 부러진 머리핀이 있네. 노
     라, 이거 당신 거 아닌가?

노라   (재빨리) 애들 짓인가 보네요.

헬메르 당신, 이런 버릇은 반드시 고쳐 줘야 해. 흠, 흠.
     됐네, 어쨌든 열었어. (편지들을 꺼내고 부엌을
     향해 소리친다) 헬레네? 헬레네…. 현관에 램프
     를 좀 내와. (방으로 돌아와 문을 닫는다. 손에 편
     지들을 쥔다) 이걸 좀 봐. 그동안 얼마나 쌓였는
     지 좀 보라고. (편지 봉투들을 차례로 넘기며) 이

건 대체 뭐지?

노라 (창가에 서서) 편지! 아, 안 돼, 안 돼요, 토르발!

헬메르 명함이 두 장이네. 랑크의 것이야.

노라 랑크 박사님이요?

헬메르 (명함을 들여다본다) 의학박사 랑크. 이게 제일 위에 들어 있었어. 떠나면서 집어넣고 간 모양이야.

노라 아무 말도 안 적혀 있나요?

헬메르 자기 이름 위에 검은색 십자가를 표시했어. 봐. 뭔가 불길한데. 마치 자기의 죽음을 발표하는 것 같잖아.

노라 그런 거 맞아요.

헬메르 뭐라고? 당신 아는 거 있어? 랑크가 무슨 얘기를 해 줬나?

노라 이 명함이 도착하면 우리에게 작별을 고하는 걸로 알라고 했어요. 혼자 칩거하다가 죽음을 맞이하겠다고.

헬메르 불쌍한 친구. 물론, 그가 오래도록 함께할 수 있을 거라고는 생각하지 않았지만. 이건 너무 갑

172

작스럽잖아. 그리고 그렇게 상처받은 짐승처럼 숨어 버리려고 하다니.

노라   어차피 일어나야만 할 일이라면 말없이 조용히 받아들이는 편이 나아요. 안 그래요, 토르발?

헬메르   (이리저리 서성인다) 그 친구는 어느새 우리의 일부가 돼 버렸어. 그가 없는 삶이 상상이 되질 않아. 그의 모든 고통과 외로움이 구름 낀 배경으로 깔리며 우리의 반짝이는 행복을 더 빛나게 만들어 줬던 것 같아. 그래, 어쩌면 이게 최선일 수도 있어. 적어도 랑크에겐 말이지. (멈춘다) 노라, 어쩌면 우리에게도 최선일지도 몰라. 이제는 우리 둘이서만 의지하고 서로 돌보아야 할 테니까. (팔을 그녀에게 두른다) 아, 나의 사랑하는 아내, 아무리 꽉 끌어안아도 부족한 것만 같아. 노라, 나는 여러 번 그런 생각을 했어. 당신을 위협하는 어떤 위험이 닥쳐오기를, 그래서 내가 내 목숨을, 내 사지를 그리고 내 모든 것을 당신을 위해서 내던질 수 있기를.

노라   (그의 팔을 풀고 작정한 듯 단호하게 말한다) 토르발, 이제 편지를 읽어 봐요.

헬메르 아니, 아니, 오늘 밤은 아니야. 나는 당신과 함께하고 싶어, 나의 사랑하는 아내와.

노라 당신의 친구가 죽어 가고 있는데요?

헬메르 당신 말이 맞아. 이 일은 우리 둘 모두에게 충격이지. 우리 사이에 불길한 것이 끼어들었어. 죽음과 퇴락이 말이야. 하지만 그건 우리의 잘못이 아니란 걸 이해해야 해. 그때까지는…. 각자의 방으로 가 있기로 하지.

노라 (그의 목에 두 팔을 감으며) 토르발, 잘 자요! 잘 자요!

헬메르 (그녀의 이마에 입을 맞추며) 잘 자, 나의 작은 종달새. 잘 자요, 나의 노라. 이제 나는 편지들이나 뜯어봐야겠어. (편지 뭉치를 들고 그의 방으로 들어가 문을 닫는다)

노라 (제정신이 아닌 눈빛, 두 손으로 여기저기를 더듬다가 헬메르의 망토를 집어 들고 몸에 걸친 뒤 경련하듯 정신없이 거칠게 속삭인다) 이제 다시는 그이를 볼 수 없어. 절대로. 절대로. 절대로. (솔을 머리 위에 걸친다) 아이들도 다시는 볼 수 없을 거야. 아이들도 못 본다고. 절대로. 절대로. 아, 이 얼음처럼 차디찬 시커먼 강. 아, 그 바닥이 안 보이는, 그…. 아, 이 모든 일이 끝나기만 한다면. 이제 그이가 그 편지를 들고 있을 거야. 읽고 있을 거야. 아니야, 아니야. 아직은 아니야. 토르발, 잘 있어요. 그리고 나의 아가들도….

현관으로 뛰쳐나가려는 참에 헬메르가 손에 편지를 든 채 방문을 벌컥 열고 나온다.

헬메르　노라!

노라　(큰소리로 비명을 지른다) 아…!

헬메르　이게 뭐지? 이 편지에 뭐라고 적혀 있는지 알아?

노라　네, 알아요. 떠날 거예요. 이 집에서 나가게 해주세요.

헬메르　(그녀를 붙든다) 어디를 가려는 거야?

노라	(그의 팔에서 벗어나려 애쓴다) 당신은 나를 구할 수 없어요, 토르발.
헬메르	(주춤주춤 뒤로 물러난다) 뭐라고? 이자가 여기에 쓴 게 사실이야? 끔찍하군! 아냐, 아냐, 그럴 리가 없어.
노라	사실이에요. 나는 이 세상 그 무엇보다 당신을 사랑했어요.
헬메르	구차하게 그런 식으로 얼버무리려고 하지 마.
노라	(그에게 한 발짝 다가간다) 토르발!
헬메르	이 정신 나간 여자야. 대체 무슨 짓을 한 거야!
노라	날 보내 주세요. 나 때문에 당신이 곤란해지면 안 돼요. 당신이 내 잘못을 떠안는 건 원치 않아요.
헬메르	더 이상 연기하지 마. (현관문을 잠근다) 당신은 여기 남아서 당신 행동에 책임을 져야 할 거야. 당신이 무슨 짓을 한지 알기는 하는 거야? 대답해 봐! 알고는 있나?
노라	(그에게 시선을 고정한 채, 말을 하며 얼굴이 경직된다) 그래요, 이제 분명히 이해되기 시작했어

요.

헬메르   (방 안을 걸어 다닌다) 이렇게 어이없이 뒤통수를 맞다니. 지난 8년간, 나의 기쁨이자 자랑이었던 여자가, 위선자에, 거짓말쟁이에, 아냐 그보다 더 나빠, 범죄자였어! 이게 얼마나 끔찍하고 추한 일인지! 창피해서 얼굴을 들 수가 없어!

노라, 그에게 시선을 고정한 채 아무 말이 없다.

헬메르   (노라 앞에 멈춰 선다) 이런 일이 일어날 거란 걸 감지했어야 했어. 미리 예상해야 했어. 당신 아버지의 경박한 행동을 봤으면서도 몰랐다니. 조용히 해! 당신은 당신 아버지의 경박한 태도를 그대로 물려받았어. 종교도 없고, 도덕관념도, 책임감도 없지. 당신 아버지의 행동에 눈을 감아 버린 대가를 이렇게 치를 줄이야. 나는 당신을 위해 그렇게 했는데 이런 식으로 갚아?

노라   그래요, 이런 식으로 갚네요.

헬메르   당신이 나의 모든 행복을 망가뜨렸어. 당신의 도박으로 나의 미래가 통째로 날아갔다고. 생각만으로도 끔찍한 일이야. 나는 양심이라곤 없는 인간 손에 놀아나게 생겼어. 그 인간은 나한테 원하는 걸 다 할 수 있게 됐고, 나한테 무엇이든 요구할 수 있게 됐고, 자기 마음대로 나한테 명령을 할 수도 있어. 나는 찍소리도 할 수 없겠지. 내가 이런 경박한 여자 하나 때문에 처참하게 무너져 내려야 하다니!

노라

헬메르 내가 이 세상에서 없어져 주면 당신은 자유예요.

그따위 연극 집어치워. 당신 아버지도 툭하면 그런 말을 했지. 당신 말대로 당신이 이 세상에서 사라진다고 나한테 무슨 득이 되는데? 그래 봐야 달라지는 건 아무것도 없어. 그 작자는 어쨌거나 그 사실을 떠벌릴 테고, 그러면 나는 당신의 범죄 행위를 알고 있었다는 의심을 받겠지. 어쩌면 사람들은 내가 뒤에서 사주했다고 생각할지도 몰라. 당신한테 그런 짓을 시킨 사람이 나라고 말이야. 결혼 생활 내내 두 손으로 받들어 줬건만[4] 당신 때문에 이런 꼴을 당해야

178

하다니. 이제 당신이 나에게 무슨 짓을 한 건지 알겠어?

노라 (냉정하고 차분하게) 네.

헬메르 믿을 수가 없어. 도저히 이해가 안 돼. 하지만 어쨌든 합의를 해야 해. 숄 벗어. 숄 벗으라고 했어! 무슨 수를 써서라도 그 작자를 달래야 해. 어떤 대가를 치르든 이 일은 조용히 처리해야 해. 그리고 당신과 나에 관한한 우리 사이는 예전과 변함이 없는 것처럼 보여야 해. 하지만 세상 사람들의 눈에만 그렇게 보이면 돼. 당신은 계속 여기서 살아. 그건 말할 것도 없어. 하지만 당신은 이제 아이들 양육에서 손 떼. 당신에게 아이들을 맡길 수 없어. 아, 내가 그토록 사랑했던, 그리고 지금도 사랑하는 여자에게 이런 말을 해야 하다니! 이제 다 과거의 일이 돼버렸어. 오늘부터 더 이상 행복은 없어. 이젠 남은 것들, 찌꺼기들, 껍데기만이라도 지켜 내는 수밖에.(초인종이 울린다)

헬메르 (놀라며) 뭐지? 이 늦은 시간에. 설마 최악의 상황이 벌어지는 건 아니겠지? 설마 그 인간이?
노라, 숨어! 당신은 아프다고 해.

노라는 꼼짝 않고 서 있다. 헬메르는 현관 쪽으로 난
문을 연다.

하녀   (옷을 반만 걸친 채, 복도에서) 부인께 온 편지입
니다.

헬메르   이리 줘. (편지를 받고 문을 닫는다) 맞네, 그 인간
이 보낸 편지야. 당신에겐 주지 않을 거야. 내
가 읽어 봐야겠어.

노라   그러세요, 읽어요.

헬메르   (램프 옆에 서서) 정말 용기가 나지 않는군. 어쩌
면 우린, 당신과 나 둘 다 끝장일지도 몰라. 아
냐, 그래도 알 건 알아야지. (편지를 급하게 뜯어,
대강 몇 줄을 읽어 내려간 후, 동봉된 서류를 살펴
본다. 그리고 기쁨에 차 외친다) 노라! (노라는 영
문을 모르겠다는 듯 그를 본다) 노라! 아냐, 다시
한번 읽어 봐야겠어. 그래, 그래, 사실이었어.

180

살았어! 노라, 난 살았어!

노라   나는요?

헬메르   당연히 당신도 마찬가지. 우리 둘 다 이제 살았어. 그 작자가 당신의 계약서를 보내 줬어. 자기가 한 짓을 후회한다고, 그리고 미안하다고 썼어. 자기 인생에도 좋은 일이 생겼다고. 아, 그가 뭐라고 썼는지는 중요하지 않아. 우린 살았어, 노라! 그 누구도 당신한테 아무 짓도 할 수 없어. 오, 노라, 노라…. 아니지, 먼저 이 역겨운 것부터 치워 버리자고. 어디 보자, (계약서를 흘낏 본다) 아냐, 보고 싶지 않아. 이건, 이 모든 일은 꿈이었을 뿐이야. (계약서를 갈기갈기 찢어 버린 후 난로에 모두 던져 넣고 불타는 모습을 지켜본다) 자, 이제 다 사라졌어. 이 사람이 편지에 쓰기론 크리스마스이브부터 당신한테…. 아, 노라, 당신에겐 정말 끔찍한 사흘이었겠군.

노라   지난 사흘간 나는 정말 힘든 싸움을 해야 했어요.

헬메르   정말 괴로웠겠어. 그리고 달리 빠져나갈 방법도 찾을 수 없었겠지. 그래, 이제 이 끔찍한 일은 전부 다 잊어버리자고. 우린 기뻐하며 이렇게 말하면 돼. 다 끝났어, 다 끝났어! 노라, 내 얘기 잘 들어. 당신, 이해를 못 하는 것 같은데 이제 다 끝났어. 그런데 왜 그래? 왜 그렇게 차가운 얼굴을 하고 있어? 아 불쌍한 나의 노라, 그래 물론 이해해. 당신은 내가 당신을 용서했다는 사실을 믿기 어렵겠지. 하지만, 노라, 난 당신을 용서했어. 맹세할 수 있어. 난 모든 걸 용서했어. 그래, 알아, 당신이 한 모든 짓은 나를 사랑해서 한 것이라고.

노라   맞아요.

헬메르   아내로서 남편을 사랑하는 것은 마땅한 도리이고 당신은 나를 그렇게 사랑했어. 단지 제대로 된 판단을 할 만한 통찰력이 부족해서 잘못된 방법을 택한 거야. 하지만 독립적으로 행동하는 법을 제대로 모른다고 해서 나를 덜 사랑

---

4) 성경적 인유. 마태복음 4:6 '이르되 네가 만일 하나님의 아들이어든 뛰어내리라 기록되었으되 그가 너를 위하여 그의 사자들을 명하시리니 그들이 손으로 너를 받들어 발이 돌에 부딪치지 않게 하리로다 하였느니라'

한다고 생각하는 건 아니겠지? 그렇지 않아. 당신은 이제 나에게만 의지하면 돼. 내가 당신한테 조언을 해 줄게. 내가 당신을 이끌고 인도해 줄게. 여자로서의 무력함 때문에 당신이 두 배로 사랑스러워 보여. 그렇지 않다면 나는 남자도 아니지. 내가 처음에 너무 놀라서 심한 소리했던 건 전혀 신경 쓰지 마. 그땐 모든 게 다 무너져 버리는 줄 알고 그랬던 거야. 노라, 난 당신을 용서했어. 정말 맹세해, 난 당신을 용서했어.

노라　　　용서해 줘서 고마워요. (오른쪽 문을 열고 나간다)

헬메르　　안 돼, 가지 마…. (들여다보며) 거기서 뭘 하는 거지?

노라　　　(나오지 않은 채) 무도회 의상을 벗으려고요.

헬메르　　(문 옆에 선 채) 그래, 그래야지. 이제 차분하게, 다시 마음의 평정을 찾으면 돼, 겁먹은 나의 작은 종달새. 이제 편히 쉬어. 내겐 당신을 감쌀 넓은 날개가 있으니까. (문 가까이로 걸어간다)

아, 노라, 우리 집은 정말 아늑하고 완벽해. 여기가 당신의 안식처야. 매의 발톱에서 무사히 구해 낸 비둘기처럼 당신을 내가 여기서 보듬어 줄게. 정신없이 뛰는 당신의 심장을 진정시켜 줄게. 조금씩, 조금씩 나아질 거야. 노라, 날 믿어. 내일은 모든 게 달라 보일 거야. 얼마 지나지 않아 내가 당신을 용서했다는 말조차 반복할 필요가 없어질 거야. 당신은 내가 당신을 용서했음을 굳게 믿게 될 거야. 내가 당신을 거부하거나 비난할 수 있다는 생각은 가당치도 않아. 아, 노라, 당신은 진짜 남자의 마음을 몰라. 남자들은 자기가 아내를 용서했다는 사실에 대해, 진심으로 완전히 용서했다는 것에 대해 형언할 수 없이 흐뭇해지는 법이거든. 그래, 어떻게 보면 아내가 두 가지 의미로 남편의 소유물이 되는 거야. 남편이 아내를 세상에 새롭게 태어나게 하니까 아내는, 어찌 보면 남편의 아내일 뿐만 아니라 그의 아이이기도 한 거지. 당신도 오늘부터는 내게 그런 존재가 될 거야.

이 혼란에 빠진, 대책 없는 여자야. 노라, 이제 아무것도 걱정하지 마. 그냥 내게 솔직하기만 하면 돼. 그럼 나는 당신의 의지와 양심이 되어 줄게. 뭐 하는 거지? 자러 가는 게 아니었어? 옷을 갈아입었어?

노라   (평상복을 입은 채) 네, 토르발. 옷을 갈아입었어요.

헬메르   하지만 지금 왜, 이렇게 늦은 시간에…?

노라   오늘 밤엔 안 잘 거예요.

헬메르   하지만, 사랑하는 나의 노라….

노라   (손목시계를 들여다본다) 아직 그렇게 늦진 않았어요. 토르발, 여기 앉아 봐요. 당신과 나는 할 얘기가 정말 많아요. (테이블의 한쪽 편에 앉는다)

헬메르   노라, 이건 뭐지? 그 차가운 표정은….

노라   앉아요. 시간이 좀 걸리는 얘기예요. 당신에게 할 말이 아주 많아요.

헬메르   (테이블의 맞은편에 앉는다) 노라, 걱정되잖아. 그리고 당신이 왜 이러는지 이해가 안 돼.

노라	그래요, 바로 그거예요. 당신은 나를 이해 못 해요. 그리고 나도 당신을 전혀 이해하지 못했어요. 오늘 밤까지는요. 아니, 지금 내 말을 막지 마세요. 내가 하는 말을 듣기만 해요. 이건 심판 같은 거예요, 토르발.
헬메르	그게 무슨 소리지?
노라	(잠깐의 침묵 후) 우리가 여기 이렇게 앉아 있으니 뭔가 떠오르는 게 없나요?
토르발	뭐가 떠올라야 하는 거지?
노라	우리가 결혼한 지 벌써 8년째예요. 당신과 나, 남편과 아내가 이렇게 함께 진지하게 대화를 나누는 게 처음이라는 거, 모르겠어요?
헬메르	아니 정말, 무슨 말을 하고 싶은 거야?
노라	지난 8년을 통틀어서…. 아니, 그보다 더…, 우리가 처음 만난 이후로 우리는 한 번도 진지한 문제에 대해 진지하게 대화해 본 적 없어요.
헬메르	그러면 내가 당신이 아무 도움도 줄 수 없는 걱정거리들에 대해 계속 미주알고주알 얘기 했어야 한단 말인가?

노라	걱정거리들에 대해 얘기하는 게 아니에요. 우리는 한 번도 어떤 문제의 근본적인 이유에 대해 진지하게 얘기 나눠 본 적이 없어요.
헬메르	하지만, 사랑하는 노라, 그게 정말 당신이 원하는 거였단 말이야?
노라	바로 그게 문제예요. 당신은 한 번도 나를 제대로 이해한 적이 없어요. 나는 너무 부당하게 다뤄졌어요. 처음에는 아빠로부터, 그 다음엔 당신으로부터.
헬메르	뭐라고? 우리 두 사람, 당신을 그 누구보다도 가장 사랑한 우리 두 사람이 당신에게 잘못했다는 거야?
노라	(고개를 젓는다) 두 사람 다 결코 나를 사랑한 적 없어요. 당신은 그저 나를 사랑하는 것이 즐겁다고 생각한 것뿐이에요.
헬메르	노라, 이게 다 대체 무슨 말이야?
노라	말한 그대로예요, 토르발. 아빠 밑에서 자랄 땐 아빠가 아빠의 의견들을 모두 내게 말했고, 그럼 나는 똑같은 의견을 갖게 됐어요. 그러다가

내게 다른 의견이 생기면 그냥 숨겼어요. 왜냐
하면 아빠가 좋아하지 않으실 거라는 걸 알았
으니까요. 아빠는 나를 아빠의 인형이라 불렀
고, 마치 내가 내 인형들을 데리고 놀듯이 나를
데리고 놀았어요. 그리고 나는 당신의 집으로
들어오게 됐죠.

헬메르   우리의 결혼 생활에 대해 어떻게 이런 식으로
얘기할 수 있지?

노라   (굴하지 않고) 나는 아빠의 손에서 당신의 손으
로 인계됐어요. 당신은 모든 걸 당신의 입맛대
로 정했고 나는 당신과 똑같은 입맛을 갖게 됐
어요. 아니, 어쩌면 그냥 그런 척한 걸지도 모르
겠네요. 나도 잘 모르겠어요. 아마 둘 다겠죠.
어떤 때는 정말 취향이 같아져 버렸고, 어떤 때
는 그냥 그런 척했고. 이제 와 돌이켜 보면 나
는 여기서 하루 벌어 하루 먹고 사는 거지처럼
살았던 것 같아요. 당신의 구미에 맞게 연기를
하며 하루살이처럼 산 거예요. 그리고 그게 바
로 당신이 원했던 거고요. 나는 아빠와 당신에

게서 인간다운 대우를 못 받고 살았어요. 내가 아무것도 하지 못하게 된 건 모두 두 사람 탓이에요.

헬메르 노라, 정말 말도 안 되는 소릴 하는군. 배은망덕하기 짝이 없어! 여기서 행복하게 살았잖아!

노라 아뇨, 한 번도 행복한 적 없어요. 그런 줄 알았죠. 하지만 그런 적은 없었어요.

헬메르 아니라고? 행복하지 않았다고?

노라 그래요. 그냥 쾌활하게 살아왔을 뿐이에요. 그리고 당신은 언제나 내게 친절했어요. 하지만 우리 집은 장난감 집, 그 이상도 이하도 아니었어요. 나는 여기서 당신의 아내 인형이었어요. 예전에는 아빠의 아이 인형이었던 것처럼. 그리고 우리의 아이들은 나의 인형이 됐죠. 나는 당신이 집에 와서 나와 놀아주는 것이 재미있다고 생각했어요. 아이들이 내가 놀아 주면 재미있어 하는 것처럼. 그게 바로 우리의 결혼 생활이었어요, 토르발.

헬메르 그래, 당신이 지금 너무 과장하고 있고 너무 감

189

정적이긴 해도, 당신 말이 완전히 틀린 건 아니
야. 하지만 지금부터는 달라질 수 있어. 이제
놀이 시간은 끝났어. 이제부터는 가정교육의
시간이 될 거야.

노라 　　누굴 교육한다는 거죠? 나를요, 아니면 아이들
　　　　을요?

헬메르 　당신과 아이들 모두 다.

노라 　　아, 토르발, 당신은 나를 올바른 아내로 길러낼
　　　　수 있는 사람이 아니에요.

헬메르 　어떻게 그런 말을 하지?

노라 　　그리고 난…. 내가 아이들을 교육할 자격이나
　　　　있나요?

헬메르 　노라!

노라 　　좀 아까 당신이 말하지 않았나요? 절대 아이들
　　　　을 내 손에 믿고 맡길 수 없다고.

헬메르 　그 순간에는 화가 나서 그랬지! 어떻게 그 말을
　　　　진지하게 받아들이나!

노라 　　하지만 당신 말이 정말로 옳은 걸요. 난 그 일
　　　　을 해낼 수 없어요. 그 전에 먼저 해결해야 할

일이 있어요. 나 자신부터 길러내야 해요. 당신은 그 부분에서는 나를 도울 수 없어요. 나 혼자 해내야 할 일이에요. 그래서 나는 이제 당신을 떠날 거예요.

헬메르　(펄쩍 뛴다) 지금 뭐라고 했어?

노라　나 자신과 다른 모든 것들을 진정으로 이해하기 위해선 전적으로 나 혼자 자립해야 해요. 그게 당신과 더 이상 함께할 수 없는 이유예요.

헬메르　노라, 노라!

노라　지금 당장 여길 떠날 거예요. 크리스티네가 하룻밤은 재워 줄 거예요.

헬메르　당신 미쳤군! 그렇게는 허락 못 해! 내가 못 하게 할 거야!

노라　이제부턴 당신이 허락하고 말고는 아무 상관 없어요. 원래 내 물건만 챙겨서 나갈 거예요. 당신으로부터는 아무것도 원하지 않아요. 지금이든 그 이후로든.

헬메르　이게 무슨 미친 짓이야!

노라　내일 나는 집으로 떠날 거예요. 고향으로 돌아간다는 뜻이에요. 그곳에선 뭐든지 내가 할 수 있는 일을 찾기가 더 쉬울 테니까.

헬메르 아무것도 모르고 아무 경험도 없으면서!

노라 그러니까 꼭 경험을 쌓을 거예요, 토르발.

헬메르 집과 남편을 내팽개치고 아이들까지 두고 떠난다고! 남들이 뭐라고 말할지는 생각해 보지도 않았겠지.

노라 그런 건 생각할 여유도 없어요. 이게 나한테 꼭 필요한 일이란 걸 알 뿐이에요.

헬메르 아, 이건 정말 최악이군. 신성한 의무를 그렇게 저버리겠다는 건가? 그냥 이렇게?

노라 그게 뭔데요? 당신은 신성한 의무가 뭐라고 생각하는데요?

헬메르 그걸 꼭 내 입으로 얘길 해 줘야 아나? 당연히 남편과 당신 자식들 아닌가?

노라 똑같이 신성한 의무가 또 있어요.

헬메르 그런 건 없어. 그런 의무가 뭐가 있어?

노라 나 자신에 대한 의무요.

헬메르 그 무엇보다도 당신은 우선 아내이고 엄마야.

192

노라	나는 이제 더 이상 그런 말을 믿지 않아요. 나는 이제 당신과 마찬가지로 나도 당당한 인간이라고 믿어요. 아니면 적어도 그렇게 되기 위해 노력할 거예요. 물론, 대부분의 사람들이 당신 말이 옳다고 말할 거라는 것, 알고 있어요. 그리고 책에도 그런 내용이 적혀 있다는 것도 알아요. 하지만 나는 이제 더 이상 사람들이 말하는 대로, 책에 적혀 있는 내용대로 사는 것에 만족할 수 없어요. 그런 것들을 제대로 이해하기 위해서라도 깊이, 신중히 고민해 봐야겠어요.
헬메르	가정에서의 자기 본분에 대해서는 이해조차 하지 못하면서? 그 질문에 대해서는 이미 확실한 지침이 이미 있지 않나? 당신에겐 종교가 있잖아!
노라	아, 토르발. 나는 내 신앙에 대해서도 이제 확신이 없어요.
헬메르	그게 무슨 말이야!
노라	내가 견진 성사를 받을 무렵, 나는 한센 신부

님께서 말씀해 준 것 말고는 아는 게 없었어요. 신부님은 우리의 종교란 건 이러저러한 것이라고 말씀해 주셨죠. 내가 이 모든 걸 떠나서 혼자 있게 되면 그 말씀에 대해서도 생각해 보고 공부할 거예요. 한센 신부님의 말씀이 맞는 말씀이었는지, 아니 적어도 내게 맞는 말이었는지 알아보고 싶어요.

헬메르　이게 젊은 여자 입에서 나올 소리야? 하지만 만약 종교가 당신을 인도하지 못한다 쳐. 그럼 적어도 내가 당신의 양심을 일깨울 수 있게 해줘. 당신, 그래도 최소한의 도덕관념은 있지 않나? 아니면, 대답해 봐. 그것조차 없는 건가?

노라　아, 토르발. 그건 그렇게 간단히 대답할 수 있는 문제가 아니에요. 정말로 모르겠어요. 지금은 그런 것들이 너무 혼란스러울 뿐이에요. 지금 내가 아는 건, 나의 생각이 당신의 생각과는 아주 다르다는 것뿐이에요. 그리고 법이란 것도 내가 상상했던 것과는 아주 다른 것이란 것도 알게 됐어요. 그리고 이런 법이 옳은 것이라는 사실을 도저히 내 머리로는 이해할 수가 없어요. 한 여자가 죽어 가는 늙은 아버지를 배려하고 자기 남편의 목숨을 구하는 일을 할 권리가 없다니! 정말 납득이 되지 않아요.

헬메르 당신은 정말 어린애 같은 말만 하는군. 당신은 당신이 살고 있는 이 사회가 어떤 건지 몰라!

노라 그래요, 몰라요. 하지만 이제는 그걸 들여다볼 의향이 생겼어요. 사회와 나, 둘 중 누가 옳은 건지 알아내야겠어요.

헬메르 노라, 당신은 좀 아픈 것 같아. 지금 너무 흥분했어. 제 정신이 아닌 것 같다고.

노라 오늘 밤처럼 모든 게 또렷하고 확신이 든 적은 없었어요.

헬메르 그래서 당신의 남편과 아이들을 버리는 일에 대해 그렇게 확신이 있나?

노라 네, 그래요.

헬메르 그렇다면 그걸 설명할 수 있는 건 딱 하나밖에 없군.

노라 그게 뭐죠?

헬메르	당신은 더 이상 나를 사랑하지 않는 거야.
노라	그래요, 정확히 짚었어요.
헬메르	노라! 어떻게 그런 말을!
노라	오, 토르발, 이런 얘기, 나도 너무 가슴 아파요. 당신은 언제나 내게 친절했으니까. 하지만 어쩔 수 없어요. 나는 더 이상 당신을 사랑하지 않아요.
헬메르	(침착하려 애쓰며) 그 사실에 대해서도 확신이 있는 건가?
노라	네, 아주 분명히 확신해요. 그게 내가 여기 더 이상 머물고 싶지 않은 이유예요.
헬메르	그러면 적어도 내가 어쩌다 당신의 사랑을 잃어버렸는지는 설명해 줄 수 있나?
노라	네, 해 줄게요. 오늘 밤 일 때문이에요. 기적 같은 일이 일어나기 전에, 그때 나는 당신이 내가 생각했던 남자가 아니라는 사실을 목격했어요.
헬메르	무슨 뜻인지 설명해 봐. 나는 이해가 잘 안 돼.
노라	나는 8년간 정말 참을성을 갖고 기다렸어요.

왜냐하면, 오, 하느님, 기적은 매일 일어나는 일이 아니란 걸 알고 있었으니까요. 그러다가 내게 엄청난 시련이 닥쳤고, 나는 굳건한 확신을 갖고 있었어요. '기적 같은 일이 일어날 것이다.' 크로그스타드의 편지가 도착했을 때, 나는 당신이 그 인간의 요구에 응할 거라고는 절대로 생각하지 않았어요. 나는 당신이 그에게 어떻게 말할지 아주 분명히 확신했어요. '무슨 일이 일어났는지 온 세상이 다 알게 하라'고. 그리고 그렇게 되면….

헬메르   그래, 그땐? 내가 내 아내의 수치와 불명예를 온 천하에 드러내라고?

노라   그렇게 되고 나면 나는 당신이 앞으로 나서서 모든 것을 책임지고 '모든 잘못은 내게 있다.'고 말할 거라고 굳게 믿었어요.

헬메르   노라!

노라   당신은 내가 당신의 그런 희생은 절대 원하지 않을 거라고, 받아들이지 않을 거라고 생각하고 있죠? 맞아요, 당연히 원치 않아요. 하지만 그렇다고 그런 나의 믿음과 확신이 당신에게 해가 되지는 않는 거잖아요. 바로 그게 내가 공포에 떨면서도 기대하고 있던 기적 같은 일이었어요. 그리고 그런 일이 일어나는 걸 막기 위해서 나는 목숨이라도 버릴 생각이었어요.

헬메르 노라, 나는 당신을 위해 기꺼이 밤낮으로 일할 수 있어. 당신을 위해서라면 고통과 역경도 참을 수 있어. 하지만 그 누구도 사랑하는 사람을 위해 자신의 명예를 희생하지는 않아.

노라 수많은 여자들이 그렇게 해 왔어요.

헬메르 아, 당신은 정말 말이나 행동이나 전부 어린 아이 같군.

노라 그럴지도 모르죠. 하지만 나 역시 당신처럼 생각하고 말하는 남자와는 함께 살 수 없어요. 당신이 공포에서 벗어났을 때 '나'를 위협하던 공포가 아니라 당신이 느끼던 공포에서부터 벗어났을 때, 그리고 모든 위험이 사라졌을 때, 당신에게는 마치 아무것도 일어나지 않은 듯했죠. 나는 예전과 마찬가지로 당신의 작은 종달새로 돌아갔고, 너무 부서지기 쉽고 연약해서 이제부터는 두 배로 조심해서 두 팔에 품어야 할 인형이 돼 버렸죠. (일어선다) 토르발, 바로 그 순간 나는 깨달았어요. 내가 8년간 함께 산 남자를 나는 전혀 모르고 있었다고. 그리고 그 남자와 아이를 셋씩이나 낳았다고. 아, 그 생각만으로도 도저히 견딜 수가 없어요! 나 자신을 갈가리 찢어 버리고 싶어요.

헬메르 (슬프게) 이제야 보이는군, 이제 보여. 우리 사이에 깊은 골이 생겨 버렸어. 아, 하지만 노라, 우리가 그 틈을 메울 수 있지 않을까?

노라 지금의 나는, 당신의 아내가 될 수 없어요.

헬메르 나는 다른 사람이 될 수 있어.

노라 그럴 수도. 만약 당신의 인형을 빼앗긴다면 말이죠.

헬메르 헤어지다니, 당신과 헤어지다니! 안 돼, 안 돼, 노라, 그건 생각조차 할 수 없어.

노라 (오른쪽 방으로 들어간다) 내겐 반드시 그렇게 해야 한다는 확신이 더 확고해질 뿐이에요. (외

199

출복을 입고 작은 여행 가방을 들고 나와 테이블 옆에 가방을 올려놓는다)

헬메르   노라, 노라, 지금은 안 돼! 내일까지만 기다려 줘.

노라   (코트를 입는다) 나는 낯선 남자의 방에서 밤을 보낼 수 없어요.

헬메르   그럼 우리 그냥 여기에서 남매처럼 살면 안 될까?

노라   (모자를 써 보며) 그런 관계는 오래 지속될 수 없다는 것, 잘 알잖아요. (숄을 두른다) 잘 있어요, 토르발. 아이들은 보고 싶지 않아요. 나보다 더 나은 사람의 손에서 자라게 될 거란 걸 아니까요. 지금의 나는, 그 아이들에게 아무것도 해 줄 수 없어요.

헬메르   하지만 언젠가는, 노라, 언젠가는?

노라   그걸 내가 어찌 알겠어요. 나도 내가 어떤 사람이 될지 전혀 모르는데요.

헬메르   하지만 당신은 나의 아내잖아. 지금의 모습으로도, 그리고 앞으로의 모습으로도.

노라   토르발, 내 말 잘 들어요. 지금 나처럼 아내가 남편의 집을 떠날 때는 법에 따라 남편은 아내에 대한 모든 책임에서 벗어나게 된다고 들었어요. 나는 지금 당신을 모든 책임에서 해방시켜 주는 거예요. 이제 당신은 나만큼이나 그 어떤 법적 의무도 느끼지 않아도 되요. 양쪽 다 완전히 자유예요. 자, 여기 반지 돌려줄게요. 당신도 돌려주세요.

헬메르　　　반지까지?

노라　　　네, 반지도요.

헬메르　　　여기 있어.

노라　　　됐어요. 그러면 이제 다 끝났어요. 열쇠는 여기 둘게요. 집안일에 대해선 하녀들이 다 알고 있어요. 나보다 더 잘 알아요. 내일, 내가 이곳을 완전히 떠나면 크리스티네가 와서 내가 결혼하면서 가져왔던 물건들을 챙길 거예요. 내가 간 곳으로 보내 달라고 할 거예요.

헬메르　　　끝났어. 끝나 버렸어! 노라, 이제 당신은 내 생각은 다시는 하지 않을 건가?

노라　　　당연히 당신과 아이들과 이 집에 대해서 자주 생각하게 될 거예요.

헬메르   당신에게 편지를 써도 되나?

노라   아니요, 절대 쓰지 말아요. 당신, 그러면 안 돼요.

헬메르   아, 하지만 당신에게 뭔가를 보낼 수도 있고,

노라   아무것도, 아무것도 보내지 말아요.

헬메르   필요하다면 당신을 도울 수도 있고.

노라   안 돼요. 나는 낯선 사람에게서는 아무것도 받지 않아요.

헬메르   노라, 앞으로 나는 절대로 당신에게 낯선 사람 이상의 그 무엇이 될 순 없는 건가?

노라   (여행 가방을 집어 든다) 토르발, 그러려면 정말 기적 같은 일이 일어나야만 해요.

헬메르   그 기적 같은 일이 무엇인지 내게 알려 줘!

노라   그러려면 우리 둘 다 다른 사람이 되어서…. 이제 나는 더 이상 기적을 믿지 않아요.

헬메르   하지만 나는 믿고 싶어. 말해 봐! 어떻게 변하면 되는지!

노라   우리 둘 다 다른 사람이 되어 우리가 함께 사는

202

것이 진정한 결혼 생활이 된다면 말이죠. 잘 있
어요. (복도를 통해 나간다)

헬메르 (문 옆 의자에 꺼지듯이 앉아 두 손으로 얼굴을 감
싼다) 노라! 노라! (방 안을 둘러보다 일어선다) 텅
비었어! 이제 더 이상 그녀는 여기에 없어. (그
에게서 한 줄기 희망이 솟는다) 정말 기적 같은
일이 일어난다면―?!

아래층에서 대문이 쾅 닫히는 소리가 들려온다

헨리크 입센

Henrik Ibsen, 1828~1906

노르웨이를 대표하는 극작가이자 시인. 노르웨이의 항구 도시 시엔(Skien)에서 태어났다. 부유한 어린 시절을 보냈지만 일곱 살 무렵 아버지의 사업 실패로 집안이 몰락하였고, 열다섯 살에는 약제사의 조수로 생계를 유지하게 되었다. 문예지에 시를 발표했으며 1850년 22세의 나이로 첫 희곡 「카틸리나」를 발표했다. 그 후 「들오리」, 「인형의 집」 등 사회 문제와 인간의 내면을 깊이있게 파고드는 희곡을 썼다. 1879년에 발표한 「인형의 집」은 여성의 해방을 다룬 첫 페미니즘 극으로 사실주의 연극의 초기 대표작으로 평가받는다. 또 다른 대표작으로는 「페르 귄트」, 「유령」, 「들오리」, 「민중의 적」, 「욘 가브리엘 보르크만」, 「우리 죽은 자들이 깨어날 때」 등이 있다. 그의 작품은 제1기의 낭만주의, 제2기의 사실주의, 제3기의 상징주의로 나뉘지만, 그가 남긴 25편의 작품들은 서로 다른 요소들을 포함시키며 발전해 나갔다. 입센은 근대의 과학주의 정신을 바탕으로, 사실적인 묘사와 입체적인 방식으로 인간과 사회의 본질과 실체를 깊이 있게 들춰냈다. 또한 삶의 위선에 반대하고, 사회 변혁과 민중을 옹호하는 작가로서의 믿음을 실천하기 위해 평생 헌신했다. 오늘날 입센은 명실상부한 '현대극의 아버지'로 사실주의를 대표하는 극작가로 인정받는다. 1906년 동맥경화증으로 영면했으며 노르웨이 정부는 국장의 예로 작가의 공로에 보답하였다.

김 현 수

고려대학교를 졸업하고 성균관대학교 번역대학원에서 문학 석사학위를 받았다. 글과 음악으로 소통하는 것이 좋아 라디오 작가로 일하기도 했고, 글밥 아카데미 출판번역 과정을 수료했다.

옮긴 책으로는 「실버베이」, 「먹고 기도하고 먹어라」, 「나무처럼살아간다」, 「피터 래빗의 정원」, 「자기만의 방」, 「완벽한 아내를 위한 레시피」, 「해볼 건 다 해봤고, 이제 나로 삽니다」, 「미라클모닝」 등이 있다.

인형의 집

2024년 8월 20일 1판 1쇄 발행

지 은 이 헨리크 입센

옮 긴 이 김현수

발 행 인 이상영

편 집 장 서상민

편 집 인 이상영

디 자 인 서상민

마 케 팅 박진솔

교정·교열 송은주

펴 낸 곳 디자인이음

등 록 일 2009년 2월 4일:제300-2009-10호

주   소 서울시 종로구 효자동 62

전   화 02-723-2556

메   일 designeum@naver.com

blog.naver.com/designeum

instagram.com/design_eum